어느 날, 글쓰기가 쉬워졌다

어느 날,
글쓰기가 쉬워졌다

1판 1쇄 인쇄 | 2023년 11월 6일
1판 1쇄 발행 | 2023년 11월 13일

지은이 김수지(노파)
펴낸이 김기옥

경제경영팀장 모민원
기획 편집 변호이, 박지선
마케팅 박진모
경영지원 고광현, 임민진
제작 김형식

디자인 푸른나무디자인
인쇄 · 제본 민언프린텍

펴낸곳 한스미디어(한즈미디어(주))
주소 04037 서울특별시 마포구 양화로 11길 13(서교동, 강원빌딩 5층)
전화 02-707-0337 | 팩스 02-707-0198 | 홈페이지 www.hansmedia.com
출판신고번호 제 313-2003-227호 | 신고일자 2003년 6월 25일

ISBN 979-11-6007-982-1 (03800)

일상에서 마주하는
모든 글쓰기가 쉬워지는
당신의 첫 글쓰기 수업

어 느 날, 글 쓰 기 가 쉬 워 졌 다

김수지(노파) 지음

한스미디어

가벼운 마음으로 툭툭 쓰다 보면
정말 글쓰기가 쉬워지는 날이 옵니다

"어떻게 하면 잘 쓸 수 있어?"

학창 시절부터 받아온 질문입니다. 중고등학교 때는 글쓰기로 이런저런 상도 많이 받았고, 대학에 가서는 리포트로 평가하는 수업은 무조건 A를 받았습니다. 거기다 방송국에서 10년 가까이 글밥을 먹었으니 글쓰기에 관한 글이라면 제법 자신 있다고 생각했습니다. 그래서 글쓰기 책을 써달라는 제의를 받았을 때 흔쾌히 수락했던 겁니다. 마침 SNS에 글쓰기에 관한 글을 꾸준히 올리고 있던 터라 그 내용을 다듬기만 하면 되겠다고 생각했습니다.

목차를 세우는 데만 한 달 가까이 걸리고 나서야 완전한 오산이었음을 깨달았습니다. 글을 잘 쓰고 싶다는 열망은 한 가지지만, 글을 잘 써야 하는 이유는 사람마다 천차만별이기 때문입니다. 어떤 분은 취업 준비나 회사에서 능력을 인정받기 위해 글을 잘 쓰기를 바랐고, 또 어떤 분은 SNS에서 사람들의 시선을 사로잡기 위해 일상 글을 잘 쓰기를 바랐습니다. 그리고 또 다른 분은 좀 더 근원으로 들어가, 자신을 제대로 이해하고 '나'답게 살기 위해 글로 자신을 표현하는 법을 배우고 싶어 했습니다.

마치 양극단에 있는 것 같은 글쓰기에 대한 이런 욕구는, 실은 글쓰기에 있는 모순된 속성을 보여주는 것이기도 합니다. 글쓰기에는 절대 나란히 있으면 안 될 것 같은 두 가지 속성이 함께 존재합니다. 바로 돈과 마음입니다. 서점에서 둘러봐도 글쓰기 책은 마치 칼로 벤 것처럼 두 분야로 나뉘어 있습니다. 바로 돈 버는 글쓰기와 마음 챙기는 글쓰기입니다.

그러나 제가 글을 쓰며 깨달은 사실은, 이 두 가지 속성은 결코 별개의 것으로 분리될 수 없다는 점입니다. 글을 쓰면 우선 자신의 마음을 잘 살필 수 있게 되고, 다음으로 사회에서 좋은 평가를 받게 됩니다. 글쓰기는 철저하게 정신 영역에서 벌어지는 일이기 때문에 쓰는 동안 자신의 감정과 욕구를 더 잘 들여다보게 됩니다. 동시에 자신의 생각을 정확히 표현하고 설득력 있게 구성하는 과정에서 논리력과 분석력이 길러집니다. 자연히 리포트나 보고서 같은 실용 글도 잘 쓰게 되니 사회적 평가가 좋아질 수밖에 없습니다.

이 책은 글쓰기가 가진 이 두 가지 속성을 우리의 다양한 욕구와 결합하여 네 가지 측면에서 글쓰기 방법을 설명합니다.

먼저 1장, 〈책도 안 읽는데 왜 쓰기까지 해야 해요?〉에서는 다가올 시대에 글쓰기 역량이 왜 중요해질 수밖에 없는지를 이야기합니다. 찬란한 백세 시대가 열렸습니다만, 우리는 '취직 한 번으로 과연 이 긴 세월을 무사히 살 수 있을까?' 하는 현실적인 걱정도 안게 됐습니다. 이럴 때 글쓰기는 평범한 사람들이 자신을 효과적으로 알릴 수 있는 거의 유일한 홍보 수단입니다. 이 장에서는 이런 역량과 이런 개성을 가진 내가 이곳에 있다는 사실을 알리는 방법으로서 '자기 PR의 글쓰기'에 대해 설명합니다. 또한 치열한 경쟁 사회에서 자신의 마음을 보살필 효과적인 치유제로서 글쓰기의 측면도 다룹니다. '나'의 욕망을 들여다보고 주체적으로 내 삶을 이끌고 싶은 분들이라면 이 장에서 그 방법을 찾을 수 있을 겁니다.

2장 〈일상 글, 쉽게 쓰는 방법이 있습니다〉에서는 구체적인 글쓰기 방법을 이야기합니다. 독자들은 왜 거장의 문장이 아닌 신인 작가의 난생처음 판타지를 선택했는지, 매력적인 글을 쓰기 위해서는 무엇을 훈련해야 하는지, 또 관점이 살아 있는 서평은 어떻게 쓰는 것인지에 대해 다룹니다. 구체적으로, 도스토옙스키는 1,000

페이지가 넘는 방대한 분량으로 어떻게 당대 독자들을 열광하게 했고, 또 아니 에르노는 파렴치한 불륜의 욕망을 소재로 어떻게 독자들과 평단의 마음을 사로잡았는지, 매력적인 글쓰기의 핵심을 파헤칩니다. 내 글에는 왜 댓글이 달리지 않는 건지 궁금한 분들이라면 이 장에서 그 이유와 해결책을 찾을 수 있을 겁니다.

3장 〈회사 글, 쉽게 쓰는 방법이 있습니다〉에서는 실용 글쓰기 방법을 이야기합니다. 자기소개서부터 보고서, 업무 메일까지, 철저하게 독자 지향적인 비즈니스 글은 어떻게 하면 설득력 있게 쓸 수 있는지, 그 구체적인 방법에 대해 설명합니다. 문학 글과 달리, 보고서 같은 정보 전달 글은 제대로 된 방법만 알면 누구나 잘 쓸 수 있습니다. 심사위원의 눈에 들 만한 자기소개서, 부장님이 칭찬할 만한 보고서, '프로페셔널'해 보이는 업무 메일까지, 실용 글의 품질을 한 차원 높일 방법을 찾는 분들이라면 이 장에서 그 답을 구할 수 있을 겁니다.

마지막으로 4장, 〈팔리는 글, 쉽게 쓰는 방법이 있습니다〉에서는 독자를 사로잡는 글쓰기 방법을 이야기합니다. 2장에서 읽는 사람의 입장에서 매력적인 글을 분석했다면, 이 장에서는 쓰는 사람의 입장에서 글쓰기 방법을 다룹니다. 일종의 글쓰기 심화 편이라고 할 수 있습니다. 타인과 소통하는 글, '좋아요'를 누르고 싶게 만드는 글을 쓰기 위해 어떤 마음가짐을 갖춰야 하는지, 우리는 왜 굳이 어려운 한자어와 복잡한 문장을 써서 글의 가독성을 떨어트리는 것인지 등 구체적인 예시와 사례를 들어 효과적인 퇴고 방법을 설명합니다. 유려한 수사를 몰라도, 특별한 삶을 살지 않아도, 일상의 언어와 사건만으로 독자를 유혹하고 싶은 분들이라면 이 장에서 그 방법을 찾을 수 있을 겁니다.

이 네 장章의 이야기를 통해 여러분이 마지막까지 기억하길 바라는 내용은 바로 '쉽게 쓰는 마음'입니다. 글은 잘 쓰려고 작정하고 덤벼들면 어렵지만, 밥 먹고 양치질하듯 그저 쓰다 보면 또 그럭저럭 쓸 수 있습니다. 당연하다는 듯, 으레 해온 일을 하는 것처럼 가벼운 마음으로 쓴다면 꾸준히 쓸 수 있고, 꾸준히 쓰다 보면 반드시 잘 쓰게 돼 있습니다. 쉽게 쓰는 마음이 무엇보다 중요한 이유입니다. 물론 아무리 꾸준히 쓴다고 해서 이번 생에 한강 작가처럼 쓰는 것은 어렵겠지만, 내 생각을 정확하게 전달하는 글, 사람들을 감화하고 위로를 건네는 글은 얼마든지 쓸 수 있습니다.

그래서 각각의 목적에 맞는 글쓰기 방법을 최대한 구체적으로 담기 위해 노력했습니다. 지금 우리가 알고 있는 어휘만으로 상황을 질감 있게 표현하는 법, 일상적인 사건을 재치 있고 다정한 시선으로 바라보는 법, 같은 내용을 이야기해도 밀도가 느껴지는 글을 쓸 수 있도록 말입니다.

그러기 위해 가장 먼저 갖춰야 하는 것은 바로 '쓰는 사람의 마음'입니다. 글은 마음이 하는 일입니다. 내 마음의 표현으로 다른 사람의 마음을 설득하고 감화하는 것이 결국 글이 하는 일입니다. 즉 글쓰기의 본질은 소통에 있습니다. 따라서 읽히는 글을 쓰고 싶다면 무엇보다 글에 선의를 담아야 합니다. 진심이 담기지 않은 글, 자신의 이익만 바라고 쓴 글로는 누구의 마음도 감화할 수 없습니다. 그래서 이 책은 쓰는 마음에 대해서도 중요하게 다룹니다.

저 역시 여러분이 가벼운 마음으로 쓰면 좋겠다는 진심을 담아 이 책을 썼습니다. 독자들이 글쓰기의 즐거움을 발견하길 바라는 선의에서 가능한 상세하게 글쓰기 방법을 담았습니다. 쓰는 일의 재미를 알면 꾸준히 쓰게 되고, 꾸준히 쓰면 잘 쓰게 돼 있습니다. 일종의 물리 법칙 같은 겁니다. 그러니 일단 가벼운 마음으로 툭툭 써보면 좋겠습니다. 그러다 쓰는 일이 귀찮아질 때, 다시 이 책을 펼쳐 보면서 쉽게 쓰는 마음을 다잡기 바랍니다. 그렇게 이 책을 다정한 잔소리 삼아 가벼운 마음으로 쓰다 보면 어느 날, 정말 글쓰기가 쉬워졌다고 느끼는 날이 올 겁니다. 그날이 올 때까지 이 책이 여러분의 유쾌한 길잡이가 되어주면 좋겠습니다.

•제3장•
회사 글, 쉽게 쓰는 방법이 있습니다

제 1 장

책도 안 읽는데
왜 쓰기까지
해야 해요?

\#
글쓰기를 통해
여러분의 마음속 우물이 늘 평안하기를 바랍니다.
어떤 풍랑에도 마음의 물결이 잔잔할 수 있도록
매일 글쓰기로 자신을 비춰보세요.

다가올 시대는
쓰는 사람이 지배합니다

✉️   **생계를 위한 글쓰기**

넷플릭스에 재밌는 게 얼마나 많은데, 유튜브에 볼 게 이렇게 많은데, 무슨 글쓰기를 하라는 건지…. 여러분이 하시는 말씀이 실제로 귀에 들리는 듯합니다. 정말 그렇습니다. 친구들과 갹출하면 커피 한 잔 값도 안 되는 돈으로 눈이 휙휙 돌아가는 영상을 한 달 내내 무제한으로 볼 수 있고, 유튜브에서는 그나마도 지불할 필요가 없습니다. 전문 방송인의 고품질 영상부터 옆 동네 초등학생이 찍은 영상까지 온갖 볼거리가 널린 세상에 글쓰기라니! 시대에 뒤처진 말처럼 들릴 것도 같습니다. 거기다 지금은 인공지능의 시대입니다. 챗GPT가 그렇게 글을 잘 쓴다는데, 학교 리포트고 회사 보고서고, 그냥 AI에 시키면 되지 않을까요?

만일 여러분이 수동적인 소비자로 사는 삶에 만족하는 분이라면, 혹은 AI가 쓰는 수준의 보고서만으로도 직장 생활이 위태롭지 않은 분이라면, 굳이 글쓰기를 안 해도 괜찮겠습니다만, 사장님의 생각도 들어는 봐야 할 것 같습니다. 인공지능에 맡겨도 문제가 없는 정도의 인력이라면 여러분이 사장님이어도 그냥 AI로 대체하고 말 것이기 때문입니다. 그편이 비용과 관리 면에서 더 효율적입니다.

그런데 이미 여러분이 사장님이라면, 스스로 글쓰기의 필요성을 느껴 이 책을 펼쳤을 겁니다. 요즘은 물건 하나를 팔려고 해도 블로그나 인스타그램 같은 SNS에 홍보 글을 올려야 하는 세상이기 때문입니다. 즉 다른 무엇보다도 생계를 위해 우리는 글을 쓸 줄 알아야 합니다.

그런데 우리는 왜 글쓰기라는 말만 들어도 이렇게 괴로운 감정이 드는 걸까요? 첫 번째 이유는 여러분이 어렸을 때 억지로 써야 했던 일기 숙제에 대한 트라우마 때문입니다. 사실 우리는 제대로 된 글쓰기 교육을 받아본 일이 없습니다. 초등학교 때 썼던 독후감이나 일기 숙제가 거의 유일한 글쓰기 활동일 겁니다. 그러나 일기는 누군가의 검사를 받아서는 안 되는 종류의 글입니다. 심연 속 자신의 욕망과 감정을 솔직하게 길어 올린, 가장 내밀한 대화의 기록이기 때문입니다.

하지만 우리는 일기를 그렇게 써본 일이 없습니다. 이성을 향한 적나라한 욕구나 하루에도 몇 번씩 떠오르는 친구를 향한 살의殺意를 솔직하게 담았다가는 당장 부모님께 전화가 갈 것이기 때문입니다. 그래서 선생님도 부모님도 행복해할 만한 내용으로, 이를테면 "오늘은 엄마가 잡채를 해줘서 기분이 좋았다", "오늘은 시험을 잘 못 봤으니 다음엔 더 열심히 공부해야겠다" 식의, 쓰나 마나 한 이야기를 억지로 짜내 쓴 탓에 '글쓰기' 하면 괴로운 감정부터 드는 겁니다.

두 번째 이유는 가난한 작가들 때문입니다. 우리는 전력을 다해 글을 썼지만 오랜 시간 빈곤을 벗어나지 못했던 작가들의 이야기를 숱하게 알고 있습니다. 도스토옙스키가 그랬고 헤밍웨이가 그랬습니다. 그나마 이들은 이름이라도 남겼습니다만, 평생 쓰기만 하고 빈곤과 울분 속에서 일생을 마쳤을 무명의 작가가 얼마나 되는지는 가늠조차 할 수 없습니다. 어려서부터 이런 작가들의 이야기를 듣다 보니 '글쓰기' 하면 자신도 모르게 가난을 떠올리게 됩니다. 글을 쓰면 나도 가난해질지 모른다는 불길한 예감이 스멀스멀 올라옵니다. 그러니 글쓰기를 배워야 한다는 제 말이 얼마나 탐탁지 않게 들릴지, 모르는 것은 아닙니다.

그러나 지금부터 글쓰기에 대한 이런 인식을 바꾸지 못한다면, 인생이 여러분을 위해 마련한 중요한 기회를 놓치게 될지 모릅니다. 왜냐하면 이제 글쓰기는 출판, 강의, 방송 등 점점 더 돈과 연관된 활동이 되어가고 있기 때문입니다. 이제부터 여러분은 '글쓰기' 하면 가난이 아니라 돈을 떠올려야 합니다.

그런데 요즘은 학교에서도 가정통신문을 글이 아닌 영상으로 만들어달라는 민원이 빗발친다고 합니다. 학부모들도 영상을 선호하는 시대에 글쓰기가 무슨 기회를 줄 수 있다는 건지, 의심이 들지도 모르겠습니다. 오히려 글쓰기가 아니라 영상 기술을 배워야 하는 것 아니냐고 반문할 수도 있겠습니다. 그런데 이 질문이라면 제가 전문가의 자격으로 답변을 드릴 수 있습니다.

〈들어가며〉에서 밝혔듯 저는 방송작가입니다. 피디와 함께 프로그램을 기획하고, 영상의 흐름을 구성하고, 자막과 내레이션을 씁니다. 저는 주로 EBS와 KBS에서 일하는데, 방송국에는 좋은 학교 출신의 피디들이 정말 많습니다. 피디의 태반이 흔히 말하는 SKY 출신입니다. 이렇게 똑똑한 피디들이 많은데, 왜 작가가 없으면 방송을 만들지 못하는 걸까요? 이유는 간단합니다. 영상이야말로 글을 기반으로 한 콘텐츠이기 때문입니다.

많은 분이 드라마 외의 방송은 자막을 쓸 때만 글쓰기가 필요할 거라고 생각합니다. 그렇지 않습니다. 자막은 기본이고,

방송을 기획하고 구성하는 전 과정에 글쓰기가 필요합니다. 가장 먼저, 방송을 통해 전달할 핵심 메시지부터 글쓰기를 통해 결정합니다. 그렇게 정한 메시지를 어떤 소재로 담아내고, 어떤 에피소드로 구성하고, 어떤 흐름으로 이어붙일지, 숱한 회의마다 결정하는 이 모든 내용은 전부 글쓰기를 통해 구체화됩니다. 즉 글쓰기는 단순히 지면 위에 생각을 옮겨 적는 작업이 아닙니다. 생각의 실체를 드러내는 과정 전체가 글쓰기라고 할 수 있습니다. 생각이 머릿속에만 있어서는 아무것도 할 수 없습니다. 글을 써야 아이디어를 구상할 수 있고, 글을 써야 구체적으로 기획할 수 있습니다.

물론 글쓰기 과정이 없어도 영상을 만들 수는 있습니다. 특히 대자연을 주제로 한 다큐멘터리는 영상의 힘이 절대적입니다. 하지만 그런 영상조차도 짜임새 있는 구성이 없으면, 무엇보다 작가가 고심해서 쓴 내레이션이 없으면, 화면에 3분도 집중하기 어렵습니다. 유튜브도 마찬가지입니다. 일상 브이로그를 만들 때조차 어디를 가고 누구를 만나 어떤 말을 나눌지, 기본적인 기획을 한 후에 촬영합니다. 촬영을 마친 후에는 나름의 주제의식을 갖고 영상을 편집하고 내레이션을 입힙니다. 이 모든 과정이 글쓰기를 기반으로 이뤄집니다.

찍은 영상을 그대로 올려도 한두 번 정도는 운 좋게 조회수가 나올 수도 있습니다. 그러나 그 운은 한두 번에서 그치고 말 것입니다. 글을 기반으로 하지 않은 영상에는 시청자의 시선을 계속 붙들 만한 힘이 없기 때문입니다. 그 힘은 재미일 수도 있고 교훈일 수도 있고 정보일 수도 있습니다. 무엇이 됐든, 영상을 볼 만한 것으로 만드는 힘은 글에서 나옵니다. 그러나 이 말이 글이 영상보다 더 중요하다는 뜻은 아닙니다. 자막이나 대사로 꽉 찬 영상만큼 사람을 숨 막히게 하는 것도 없습니다. 하지만 글이 기반이 되지 않은 영상은 봐야 할 이유를 찾기 어렵습니다. 영상이 의미를 갖기 위해서는 글이 필요합니다. 영상의 시대일수록 글쓰기가 더욱 중요해질 수밖에 없는 이유입니다.

✉ 리더와 팔로워를 가르는 글쓰기

사실 글쓰기를 배워야 하는 진짜 이유는 시대적 흐름에 있습니다. 앞의 모든 이유를 무시하더라도, 시대적 흐름 하나만으로도 여러분이 글쓰기를 배워야 할 이유는 충분합니다.

왜냐하면 미래 사회에서는 글쓰기 역량이 리더의 삶과 팔로워의 삶을 가름하는 가늠자가 될 것이기 때문입니다.

앞서 말씀드렸듯 지금은 영상의 시대입니다. 일반인들의 소소한 일상 브이로그부터 천문학적인 자금이 투입된 영화까지, 모든 영상을 커피 한 잔 값으로 무제한 즐길 수 있는 시대입니다. 이렇게 빠르게 영상의 시대가 도래한 데에는 기술의 발전과 팬데믹의 영향도 있지만, 더 근본적인 이유가 있습니다. 바로 영상을 소비하는 방식이 굉장히 쉽다는 겁니다.

영상을 볼 때 우리는 책상에 앉아야 할 필요도, 깊은 사유를 해야 할 이유도 없습니다. 그저 눈과 귀만 열고 있으면 화려한 영상과 음향이 알아서 여러분의 감각기관으로 들어옵니다. 그러나 글쓰기는 다릅니다. 글을 쓰려면 책상 앞에 앉아야 하고, 읽어야 하고, 고심해야 합니다. 힘들고 어렵습니다. 자연히 힘든 부분은 다른 사람에게 맡기고, 자신은 누군가 만든 영상을 편하게 즐기게 됩니다.

SNS도 마찬가지입니다. 다들 SNS를 한다고는 하지만 대개는 남들이 써놓은 글을 보는 데 그치는 경우가 많습니다. 자랑 글일지라도 뭔가를 꾸준히 써서 올리는 사람은 생각보다 많지 않습니다. 이런 식으로 우리는 점점 더 남의 글, 남의 영상에 의존하다가 어느 순간부터는 이것들 없이는 자신의 시간을 어떻게 보내야 할지도 모르게 됩니다.

이런 일상을 비난하는 것은 아닙니다. 누구나 고된 일과 후에 생각의 스위치를 내리고 인스타그램을 뒤적이거나 멍하게 누워서 넷플릭스를 보는 시간은 필요합니다. 다만 모든 시간을 다른 사람이 쓴 글과 영상만으로 채운다면, 수동적인 소비자의 삶, 즉 팔로워의 삶을 벗어나기 어렵습니다. 팔로워의 삶은 다른 사람의 말과 생각에 의존합니다. 삶이 점점 더 통제 불가능한 것으로 변할 수밖에 없습니다. 또 자신의 일상을 유지하기 위해 끊임없이 누군가의 창작물을 소비해야 하므로 소비를 위한 노동에서도 자유로울 수 없습니다.

하지만 글을 쓰는 순간, 우리는 자기만의 언어를 가질 수 있습니다. 자기 언어를 가진 사람은 자신의 생각과 남의 생각을 분리해 볼 수 있기 때문에 삶을 주관대로 이끌 수 있습니다. 나아가 자신의 글과 영상으로 다른 사람의 삶에 영향을 미칠 수도 있습니다. 소비자의 삶에서 생산자의 삶으로 넘어서는 겁니다.

이처럼 다가올 시대에는 글쓰기 역량이 능동적인 리더의 삶과 수동적인 팔로워의 삶을 가르는 기준이 될 것입니다. 여기서 리더는 다른 사람의 삶에 영향을 미치는 사회적 리더만을 의미하지 않습니다. 무엇보다 자신의 삶을 자신의 의지대로 이끌 수 있는, 자기 삶의 리더를 의미합니다.

✉ 필수 생존 기술로서 글쓰기

이렇게 말씀드려도 글쓰기가 정말 그렇게까지 중요한 건지, 여전히 의심하는 분도 계실 겁니다. 글쓰기를 안 해도 지금껏 사는 데 아무 지장이 없었으니 앞으로도 그럴 거라는 믿음 때문입니다. 이런 생각의 기저에는 글쓰기는 작가 같은 특별한 사람들이 하는 일이라는 전제가 깔려 있습니다. 그러나 우리 시대의 글쓰기는 작가만 하는 일이 아닙니다. 이제 글쓰기는 생계를 꾸리는 사람이라면 누구나 일정 수준 이상으로 갖춰야 하는 기본 생존 기술이 됐습니다. 마치 토익 점수처럼 말입니다.

지금도 우리는 글을 잘 써야 유능하다는 소리를 듣습니다. 리포트, 논문, 보고서, 기획안, 업무 메일까지, 우리는 매일 글로 평가받습니다. 학교에서 신입생을 뽑거나 회사에서 신규 채용을 할 때도 가장 먼저 검증하는 역량이 글쓰기입니다. 즉 우리는 지원 단계에서부터 자신의 유능함과 헌신의 의지를 글로 설득해야 합니다. 그 글이 바로 자기소개서입니다.

여러분이 아무리 높은 토익 점수와 다양한 해외 경험, 그리고 유수의 기업에서 화려한 인턴 경력을 쌓았다고 해도 자기소개서를 엉망으로 쓴다면 다음 단계로 갈 기회를 얻기는 어려울 겁니다. 글은 쓰는 사람의 성품을 반영하기 때문입니다. 즉 엉망진창의 글은 엉망진창의 내면을 의미하므로 심사위원들에게 좋은 평가를 받기 어렵습니다. 무엇보다 다른 지원자들은 높은 토익 점수와 다양한 경험에 더해 자기소개서까지 잘 썼을 것입니다.

게다가 요즘처럼 블라인드 채용을 하는 시대에 글쓰기는 학벌을 대체하는 것으로까지 여겨집니다. 따라서 목적에 맞는 글쓰기를 할 줄 모른다면, 앞으로 원하는 학교나 회사에 들어가기는 점점 더 어려워질 겁니다. 설령 들어간다고 해도 좋은 평가를 받기란 더욱 어려운 일이 될 것입니다.

문제는 글쓰기가 대입과 취업 관문에서만 중요한 게 아니라는 점입니다. 어쩌면 삶의 후반부로 갈수록 글쓰기의 중요성은 더욱 커진다고 할 수 있습니다. 특별한 기술이나 이력이 없는 보통 사람들에게 글쓰기는 삶의 두 번째 문을 열어줄, 거의 유일한 열쇠이기 때문입니다. 이것은 백세 시대에 특히 중요한 문제입니다.

우리는 취직 한 번으로 생계와 관련된 모든 문제가 해결되는 세대가 아닙니다. 농사만 지으면 열두 명의 자식을 건사하던 시대는 이미 오래전에 끝났고, 한 번 취직하면 자식도 먹이고 부모도 봉양할 수 있는 시대 역시 얼마 전에 지나갔습니다. 찬란한 백세 시대가 열렸습니다만, 그만큼 생계의 무게는 더 무거워졌습니다. 우리는 따박따박 연금이 나오는 공무원으로 은퇴를 해도 과연 주어진 수명까지 생계 걱정 없이 무사하게 살 수 있을지를 걱정해야 하는 세대입니다. 수명은 갈수록 늘어나는 반면 출생률은 국가 소멸을 걱정해야 할 만큼 낮기 때문입니다. 그러니 공무원도 아닌 사람들이 취업 한 번 했다고 안심하고 있다가는 퇴직 후 반세기가 넘게 이어질 자신의 긴 수명을 건사할 재간이 없게 될 것입니다.

영국 런던경영대학원의 린다 그래튼 교수도 취직과 은퇴의 2단계 삶을 사는 시대는 이제 지나갔다고 말합니다. 지금 같은 백세 시대에는 일과 배움의 전환기를 여러 차례 거치는 다단계 삶을 준비해야 한다고 합니다.[1] 평균 수명 110세를 내다보는 지금의 10대부터는 20대에 첫 취직을 한 후 50대에 두 번째 직장을 찾고, 80대에 세 번째 일을 찾아야 하는 상황을 실제로 맞닥뜨리게 될 것입니다. 중장년층이라고 안심할 수는 없습니다. 1967년생도 96세까지 살 확률이 절반에 달한다고 하니, 우리도 지금부터 백세 시대라는 확정된 미래를 준비해야 할 것입니다.[2]

그러나 이런 이야기를 들어도 사람들은 부동산 투자를 하거나 기술을 배우면 된다고 막연하게 생각하는 경향이 있습니다. 하지만 투자는 리스크가 큽니다. 지금도 금리가 조금 올라갔을 뿐인데 일상이 통째로 잡아먹힌 사람들의 사연이 심심치 않게 들려옵니다. 쉰을 넘긴 나이에 내가 그 사연의 주인공이 되는 것은 상상도 하고 싶지 않습니다.

기술을 배우는 것도 만만치 않기는 마찬가지입니다. 늦은 나이에 자격증 시험을 통과하는 것도 녹록지 않지만, 시험에

통과한다고 해도 30년간 사무직을 하던 사람이 갑자기 현장
일을 한다는 것도 까마득합니다. 우리는 더 안전하고 확실한
방법으로 두 번째 삶을 준비할 필요가 있습니다. 그 방법이 바
로 자기 PR의 글쓰기입니다.

일이 나를 찾게 하는 법 : 자기 PR의 글쓰기

————— 중소기업이나 공공기관의 임원 자리가 약속 돼 있지 않은 분이라면(그렇다 해도 고작 3년 정도의 유예기간이 생기는 겁니다만), 빠르면 40대 중반부터, 늦어도 50대에는 두 번째 일을 찾아야 합니다. 그러나 두 번째 일을 얻을 때는 첫 직장을 구할 때처럼 회사에 지원서를 내미는 방식으로는 승률이 높지 않습니다. 고용주들은 당연하게도 젊은 지원자를 선호하기 때문입니다.

'안 되면 아파트 경비라도 하면 되지'라고 생각하는 분도 있겠으나 경비원도 만만하게 볼 직종이 아닙니다. 『나는 행복한 경비원입니다』의 저자 장두식 씨에 따르면, 서울에 있는 아파트가 아닌데도 경비직 공고가 한 자리 나면, 보통 열 명에서 스무 명까지 지원한다고 합니다.[3] 그 서럽다는 경비직도 사정이 이런데, 근무 조건이 조금만 좋으면 수백 대 1의 경쟁률은 당연하게 생각해야 할 것입니다.

두 번째 일은 여러분이 찾아가서 문을 두드리는 기존의 방식으로는 서러운 일자리도 얻기 어렵습니다. 두 번째부턴 일이 여러분을 찾아오게 만들어야 합니다. 그러나 우리는 박사학위도 없고, 대기업 임원으로 은퇴하는 것도 아니고, 그렇다고 탁월한 재테크 실력이 있는 것도 아닙니다. 이런 보통 사람인 우리에게 어떻게 일이 먼저 찾아오게 할 수 있을까요?

✉ 자기 PR의 글쓰기

'자기 PR의 글쓰기'를 한마디로 정의하면, '나'라는 사람이 여기 있다는 사실을 알리는 글쓰기입니다. 이런 역량을 가진 내가, 이런 개성을 가진 내가, 이런 삶의 비전을 가진 내가 여기 있다는 사실을 꾸준히 알리는 것이 자기 PR 글쓰기의 목표입니다. 일종의 '좌표 찍기'라고 생각하면 됩니다.

이 세상 어딘가에는 이런 나의 역량과 개성을 필요로 하는 일이 반드시 있습니다. 그러나 아무것도 하지 않으면, 내가 어디에 있는지, 나 같은 사람이 존재하기는 하는지, 누구도 알 길이 없습니다. 언론사나 출판사에서도 그저 열심히 살았을 뿐인 나에 대해 글을 써주지 않습니다. 그러니 스스로 글을 써서 '나'라는 사람의 존재와 역량을 꾸준히 알리는 수밖에 없습니다.

마침 우리에게는 탁월한 홍보 플랫폼이 이미 마련돼 있습니다. 바로 여러분이 하나쯤은 사용하는, 블로그나 인스타그램 같은 SNS가 그 주인공입니다. 이제부터 우리는 이 SNS를 단순히 다른 사람의 글과 영상을 소비하는 매체가 아닌, 두 번째 일을 위한 자기 PR의 매체로 사용할 것입니다.

✉ 자기 PR 글쓰기의 원칙

자기 PR의 글을 쓸 때는 다음 두 가지 원칙만 지키면 됩니다.

첫째, 자기 분야 만들기

둘째, 꾸준히 쓰기

간단합니다. 이 중 여러분이 방점을 찍어야 하는 것은 바로 두 번째, '꾸준히 쓰기'입니다. 꾸준함은 자기 PR 글쓰기의 절대 원칙이나 다름없습니다. 여러분이 한강 작가에 버금가는 필력으로 특급 정보를 담아낸다고 하더라도, 분기나 반기에 한 번씩 글을 써서는 홍보 효과를 기대하기 어렵습니다. 어설퍼도 꾸준한 글 백 개가 잘 쓴 글 한 개를 이기는 것이 홍보의 세계입니다. 자기 PR의 글쓰기를 하기로 결심했다면, 이제부터 여러분은 사장님의 마음가짐을 가져야 합니다. 즉 고객님을 오래 기다리게 해서는 안 됩니다.

자기 PR의 글을 쓴다는 것은 자신의 명의로 된 온라인 상점을 운영하는 것과 비슷합니다. 즉 여러분은 자신의 온라인 상점에 '글'이라는 상품을 판매하는 겁니다. 사장님이라면 손님이 오든 안 오든 늘 출근 도장을 찍듯이 여러분도 매일 글을 올려 출근 도장을 찍기 바랍니다. 성실하게 찍힌 출근 도장은 이 상점이 주인의 세심한 관리를 받는 곳임을 보여줄 겁니다.

누군가 마음을 쏟은 흔적이 보이면 저도 모르게 눈길이 가기 마련입니다. 그렇게 호기심으로 여러분의 SNS에 들어온 사람 중 일부가 여러분의 글을 읽고 '좋아요'를 누를 겁니다. 그러다 여러분과 이웃을 맺고 새 글이 올라오면 댓글을 남기기도 할 겁니다. 즉 여러분에게 독자가 생기는 겁니다. 그렇게 한 명 두 명 늘어난 독자들이 어느덧 천 명, 이천 명을 넘어설 즈음 누군가 여러분에게 책을 쓰자며, 혹은 강의를 해달라며 연락을 해올 겁니다. 바로 이때가 일이 여러분을 찾게 되는 순간입니다. 당장 올 초에 제게 벌어졌던 이 마법 같은 일들은 전부 꾸준한 글쓰기에서 시작됐습니다.

따라서 자기 PR의 글을 쓰기로 마음먹었다면 '꾸준히 쓰기'를 절대 원칙으로 삼기 바랍니다. 이때 단순히 꾸준히 하겠다고 생각하는 것보다 강제성을 지닌 행동 강령을 만드는 것이 좋습니다. 가장 효과적인 강령은 '1일 1글 올리기'이겠으나 다들 현업이 바쁘실 테니 '2일 1글 올리기'도 괜찮습니다. 그러나 3일은 넘기지 않는 게 좋습니다. 이제 가게를 연 신입 사장님이 진열된 상품도 별로 없는 상태에서, 가게 문을 일주일에 두어 번만 열어서는 손님을 쫓아내기 딱 좋기 때문입니다.

어떤 분들은 평일에는 글을 쓸 시간이 없어서 주말에 쓴 글을 두세 개로 쪼개어 평일에 하나씩 올리는 전략을 씁니다. 좋은 방법입니다만, 막상 해보면 주말에 한 번만 써서는 자기 PR 글쓰기를 꾸준히 하기가 만만치 않다는 사실을 깨닫게 될 겁니다. 한 편의 글을 두세 개의 작은 글로 분절하는 작업은 생각보다 까다롭습니다. 그러나 더 큰 문제는, 주말에 책상 앞에 앉을 때마다 글을 쓰지 않아도 될 온갖 이유를 찾는 자신과 싸워야 한다는 점입니다. 평생 글만 써온 소설가들도 눈앞에 놓인 백지를 볼 때마다 마치 처음 글을 쓰는 것처럼 부담스럽다고 말합니다. 즉 매일 써도 쉽지 않은 것이 글쓰기입니다. 그러니 일주일에 한 번만 써서는 글쓰기의 괴로움을 견디기란 여간 어렵지 않을 겁니다. 쓰는 괴로움을 극복하기 위해서는 글쓰기의 생활화가 필요합니다.

우리 주변에는 당연한 일과처럼 매일 한 줄이라도 글을 쓰는 사람들이 있습니다. 쓸 때마다 괴롭다는 그 소설가도 아마 매일 습관처럼 책상 앞에 앉아 뭐라도 쓸 것입니다. 이들에게 글쓰기는 특별한 활동이 아니기 때문입니다. 마치 양치질과 비슷합니다. 어렸을 때는 엄마의 양치하라는 소리가 그렇게 괴로울 수 없지만 지금은 안 하는 게 더 괴로운 것처럼, 글쓰기도 생활이 되면 쓰는 일이 별로 괴롭지 않습니다. 오히려 쓰지 않는 날이 양치를 안 한 것처럼 개운치 않고 죄책감까지 느껴질 겁니다.

따라서 자기 PR의 글쓰기를 하기로 마음먹었다면, 가장 먼저 글쓰기를 생활화하기 바랍니다. 하루 중 한때를 정해 그 시간에는 무조건 책상 앞에 가 앉기 바랍니다. 머릿속에 괴로운 생각이 파고들 새도 없이 으레, 당연하다는 듯, 기계적으로 책상 앞으로 가 앉아야 합니다. 그리고 매일 한 줄이라도 끄적이는 습관을 들이기 바랍니다. 그러면 어느 시점부터 우리 뇌는 글쓰기를 더 이상 특별한 활동으로 인식하지 않게 됩니다. 그때가 바로 글쓰기가 여러분의 생활의 한 조각으로 자리 잡는 순간입니다. 그 순간부터 여러분은 글쓰기에서 괴로움보다 즐거움을 더 많이 느끼게 될 것입니다.

그렇다면 이런 꾸준한 글쓰기는 언제까지 해야 하는 걸까요? 사실 글쓰기를 생활화하는 데 성공한다면 굳이 쓰는 일을 그만둘 이유는 없겠습니다만, 무슨 일이든 처음 시작할 때는 기한을 정하는 것이 마음에 위안이 되는 법입니다. 다만 자기 PR의 글쓰기는 특정 기간을 기한으로 삼기보다는 목표를 달성할 때까지 쓴다고 생각하는 편이 좋습니다. 그러면 언제 우리는 자기 PR의 목표를 달성했다고 할 수 있을까요?

일반적으로 출판사에서 책을 내자고 연락이 올 때 목표가 달성됐다고 할 수 있습니다. 출판사에서 출간을 제의한다는 것은 여러분이 쓴 글이 수요가 있을 뿐만 아니라 글쓰기 실력 역시 상당 수준에 달했음을 말해주기 때문입니다. 또 출간 전까지는 단순히 자신을 알리기 위해 글을 썼다면, 출간 원고를 쓰는 순간부터는 한 분야의 전문가로서 글을 쓴다고 할 수 있습니다. 즉 여러분의 삶에 두 번째 문이 열리는 겁니다.

학교나 기업, 공공기관 등에서 강의를 해달라고 요청이 온다면, 이 또한 자기 PR 글쓰기의 목표가 달성됐다고 할 수 있습니다. 특히 방송국에서 섭외 연락이 온다면, '나'라는 사람이 하나의 브랜드로서 가치가 있다고 생각해도 좋습니다. 방송작가로서 제가 전문가 패널을 섭외할 때 가장 먼저 하는 일 역시 SNS를 뒤져 소위 '시장성 있는 사람'을 물색하는 것입니다. 그렇게 방송에 연이 닿아 한 번 두 번 TV에 얼굴을 비추면, 여러분에게 특별한 학술적 성취가 없어도 사람들은 여러분을 그 분야의 전문가로 인식하게 됩니다.

그러나 이런 방송 출연이 여러분에게 꼭 득이 되는 것만은 아닙니다. 충분히 전문성이 쌓이지 않은 상태에서 덥석 제의를 수락했다가는 오히려 이력과 관련한 논란이 일 수도 있습니다. 그런 걸 고민할 날이 오기라도 하면 좋겠다고 생각하는 분도 있겠지만, 방송국에서 일해보니 그런 순간은 '어느 날 갑자기' 찾아옵니다. 어느 날 갑자기 내가 출연한 영상의 조회 수가 몇백만이 넘었다든가, 아니면 내가 쓴 책이 갑자기 밀리언셀러가 된다든가 하는 식으로 어느 날 갑자기 온 국민이 나를 아는 상황에 처하게 되는 겁니다. 만일 준비도 안 된 상태에서 방송에 출연하고 책을 썼다가 이런 상황이 벌어진다면, 여러분의 이력은 물론이고 '나'라는 사람 자체에 대한 신뢰가 무너질 수도 있습니다.

그러니 연락이 안 온다고 너무 조급해하지 말고 꾸준한 글쓰기로 전문성을 쌓는 시간을 충분히 갖기 바랍니다. 그러다가 어느 날 정말 출판사나 기업에서 출간이나 강의 요청이 들어오게 된다면, 여러분은 '나'라는 브랜드를 더 잘 관리하기 위해서 더더욱 글쓰기를 그만둘 수 없을 겁니다.

✉ 자기 분야 만들기

자기 PR 글쓰기의 두 번째 원칙은 '자기 분야 만들기'입니다. 말 그대로 자신의 전문 분야를 정해 꾸준히 분야 전문성을 계발해나가는 것을 의미합니다. 분야를 정하는 가장 손쉬운 방법은 현재 여러분이 하고 있는 일을 자기 분야로 택하는 겁니다. 여러분이 회사원이라면, 종사하는 업계의 특성과 업무에 필요한 기술, 업계에 대한 인식과 업무 장단점, 급여, 전망 등 다양한 주제로 글을 써나가면 됩니다. 만일 전업주부라면, 자신만의 살림 노하우나 요리 꿀팁, 혹은 육아 비법에 대해 쓰면 됩니다.

이렇게 지금 하고 있는 일을 자기 분야로 선택하면 새로운 분야를 개척하느라 초심자의 어려움을 겪을 필요가 없습니다.

단지 이 업계에서 얼마나 오래 근무했는지를 밝히는 것만으로도 충분히 자신의 전문성을 입증할 수 있습니다. 또 업무를 하면서 어떤 시행착오를 겪었고, 이를 어떻게 극복했고, 그 과정에서 어떤 노하우를 터득했고, 아니면 속 터지는 후임이나 얄미운 상사에게는 어떻게 대처했는지와 같은 일상의 에피소드도 무궁무진하기 때문에 글감에 대한 부담도 적습니다. 가장 수월하게 자신을 홍보하는 방법입니다.

여러분이 현재 종사하는 분야가 사람들이 선망하는 전문 직종이 아니라고 해도 주눅 들 필요는 없습니다. 세상에는 변호사나 의사가 되는 방법보다 일반 회사에 들어가는 방법을 알고 싶은 사람이 훨씬 많습니다. 또한, 전문 직종에서 일하는 분들은 꾸준히 글을 쓸 시간을 내기가 어렵습니다. 그러니 일반 회사원이라고 지레 위축될 필요도 없고 전문직이라고 마냥 여유를 부려서도 곤란합니다. 기회의 문은 마음을 담아 꾸준히 쓰는 사람에게 열리게 되어 있습니다. 그저 부지런히 쓰기 바랍니다.

그런데 매일 출근해서 일하는 것도 지겨운데, 퇴근 후에, 심지어 주말까지 일 이야기를 하는 것은 도저히 참을 수 없는 분도 있을 겁니다. 아무리 한 분야에서 오랜 경험과 노하우를 쌓았다고 하더라도 일하는 내내 불행하다고 느낀다면, 그 일을 인생 2막에서도 하는 것은 무척이나 가혹합니다. 꼭 좋아하는 일을 하면서 살 필요는 없지만 그래도 우리는 전보다는 조금 더 나은 삶을 살기 위해 글을 씁니다. 지금 하고 있는 일 때문에 매 순간 불행하다고 느낀다면, 두 번째 삶은 과감하게 좋아하는 일을 선택하기 바랍니다.

단, 소비자로 경험했을 때의 즐거움만 생각하고 자기 분야를 정하는 것은 곤란합니다. 이제 여러분은 소비자가 아니라 생산자로서 그 일을 대해야 합니다. 즉 많은 공부가 필요합니다. 단순히 지식과 경험을 알려주는 선에서 그치지 않고 준전문가 수준에 이르도록 깊고 넓게 공부해야 합니다. 다시 말해 분야 전문화를 해야 합니다. 예를 들어 K-POP이 좋아서 인생 2막은 K-POP과 관련된 일을 하겠다고 결심했다면, "나는 가수 누가 좋고, 이번 신곡도 너무 좋았다"라는 식으로 써서는 안 됩니다. 이것은 소비자로서의 글쓰기입니다.

생산자로서 글을 쓰려면 가수의 신상 정보부터 신곡 발매 날짜, 공연 정보, 곡별 감상 포인트, 가사 해석과 안무의 특성, 해외에서의 반응, 수상 예측, 그리고 이들의 수상이 K-POP 업계에 미치는 영향과 의미까지, K-POP에 관해서라면 여러분의 글만 찾아보면 될 정도로 전문적인 정보를 담을 수 있어야 합니다. 또 경쟁 가수의 공연도 다양하게 관람하면서 업계를 객관적으로 바라보는 시각을 길러야 합니다. 당연하게도, 전문가의 시각을 갖추기까지 얼마큼의 비용이 들지도 미리 계산해 봐야 합니다. 이 모든 것들을 고려한 후에도 결심이 바뀌지 않는다면, 여러분은 좋아하는 일을 업으로 삼을 준비가 된 것입니다.

아무리 좋아하는 취미 활동이라도 그것이 일이 되는 순간, 괴로움은 피할 수 없습니다. 그러나 좋아하는 일로 돈을 벌 수 있는 행운은 누구에게나 주어지는 것이 아닙니다. 이런 행운을 여러분의 현실로 만들기 위해서 꾸준한 글쓰기가 필요합니다.

자기 분야도 정했고, 공부도 열심히 했다면, 이제 마지막 관문이 남았습니다. 바로 수익화입니다. 자기 PR의 글쓰기는 전형적인 수익화 구조를 따릅니다. 앞에서 언급한 것처럼 출판이나 강의, 방송의 기회를 잡아 전문가의 길로 나아가는 겁니다. 한 분야의 전문가로 입지를 구축하면, 나중에 연관 사업을 해볼 수도 있고, 아니면 강의나 연구 같은 교육자의 길로 나아갈 수도 있습니다.

그러나 취미 활동을 자기 분야로 선택했다면, 좀 더 실질적인 수익화 방안을 고민해야 합니다. 아무리 K-POP과 관련된 전문적인 글을 쓴다고 해도 업계 경력이나 연관 학위가 없다면 전문가로 인정받기란 쉽지 않기 때문입니다. 그러면 강의나 출판으로 이어지는 전형적인 수익화 모델도 기대하기 어렵습니다.

따라서 인생 2막은 좋아하는 일을 하며 살기로 결심했다면, 내 글쓰기를 어떻게 생계로 연결할 수 있을지를 구체적으로 고민하기 바랍니다. 다행히 덕업일치(취미가 직업이 되는 경우)를 이룬 사례는 주변에서 쉽게 찾아볼 수 있습니다. 가장 대표적인 예가 여행 작가입니다. 여행 다니는 취미를 글쓰기와 접목하여 이제는 하나의 전문 직업으로 인정받게 된, 성공적인 수익화 모델이라고 할 수 있습니다. 여행 작가 역시 자신만의 독특한 관점이 담긴 여행기를 SNS에 올려 출판사의 연락을 받고 작가로 데뷔하는 경우가 많습니다. 전형적인 자기 PR 글쓰기의 수익화 구조를 따른다고 할 수 있습니다. 따라서 여행 작가를 제2의 일로 선택했다면, 내 책의 원고를 축적한다는 생각으로 꾸준히 양질의 글을 쓰기 바랍니다.

두 번째로 맛집을 찾아다니는 취미를 수익화한 맛집 인플루언서의 사례를 생각해볼 수 있습니다. 맛집 인플루언서들은 식당으로부터 소정의 사례금을 받고 식당 방문 후기를 작성하는 방식으로 수익을 올립니다. 뷰티 리뷰어나 상품 리뷰어들도 유사한 방식으로 수익을 실현합니다. 그러나 맛집 탐방은 거의 전 국민의 취미인 탓에 진입 장벽이 낮아 경쟁이 극심합니다. 무엇보다 수익의 대부분을 소규모 개인 사업체에 의존하고 있고, 주로 사례금의 형태로 수입이 발생하기 때문에 안정적으로 소득을 올리기 어렵습니다.

그런 점에서 글쓰기보다 유튜브를 하는 게 더 유리하다고 생각할 수 있습니다. 유튜브는 광고 수익을 유튜버와 배분

하는 구조이므로 안정적인 수익화가 가능하기 때문입니다. 그러나 영상을 만드는 일은 글을 한 편 쓰는 것과는 비교가 안 될 정도로 많은 시간이 소요됩니다. 특히 초반에는 프로그램을 다루는 법과 편집 기술을 익히느라 현업과 병행하는 것이 거의 불가능합니다. 또 수익이 생기기까지 얼마나 오랜 기간을 버텨야 하는지 누구도 알 수 없습니다. 따라서 직장 생활을 하는 사람에게는 블로그나 인스타그램처럼 글을 기반으로 한 플랫폼 활용이 현실적입니다. 또한, 이 경우 영상이 아닌 글이 쌓이기 때문에 나중에 출판이나 강의를 할 때 훨씬 유리하다는 장점도 있습니다.

어디서도 연락이 오지 않는다면?

만일 자기 PR의 글쓰기를 꽤 오랜 기간 했는데도 어디서도 연락이 오지 않는다면 어떻게 해야 할까요? 사실 공신력 있는 출판사나 기관에서 출간이나 강의 제안을 하는 것 자체가 굉장히 특별한 일이기는 합니다. 그러나 책을 네댓 권은 쓰고도 남을 정도의 글이 모였는데 어디서도 연락이 오지 않는다면, 정확한 원인 진단이 필요합니다.

원인은 크게 두 가지입니다. 먼저 단순한 홍보 부족입니다. 이 이유 때문이라면, 여러분의 글이 아직 담당자 눈에 닿지 않아 연락이 오지 않은 것뿐이니 안심해도 됩니다. 다만 이제부터는 좀 더 전략적으로 글을 홍보할 필요가 있습니다. 선팔, 맞팔, 답방, 대댓글 등 SNS 활동을 더욱 적극적으로 하기 바랍니다. 또 출판사나 언론사, 공공기관 계정을 집중적으로 구독하여 여러분의 글이 담당자의 눈에 더 잘 띄게 할 필요가 있습니다. 단순히 홍보 부족이 문제라면, 이런 몇 가지 조치만으로 문제는 금방 해결될 겁니다.

그러나 다른 이유 때문이라면 해결책은 그리 간단하지 않습니다. 바로 상품성이 부족한 경우입니다. 여러분의 글쓰기 실력이 일정 수준에 달하지 못했거나, 아니면 전문성이 부족하거나, 혹은 여러분이 선택한 분야가 사회적으로 수요가 많지 않아서 연락을 받지 못하는 거라면, 여러분은 지금까지 쓴 글을 전면적으로 재검토해야 합니다.

그러나 대부분의 사람들은 자신이 러브콜을 받지 못한 이유가 단순히 홍보 부족 때문이라고 생각합니다. 원래 자신이 쓴 글은 완벽해 보이는 법입니다. 그러나 아무리 적극적으로

SNS 활동을 해도 응답이 없다면, 더 확실한 검증 방법을 시도해볼 차례입니다. 바로 '투고'입니다. 직접 책을 만든다고 생각하고 지금까지 쓴 글을 하나의 주제로 엮어보기 바랍니다. 이 책은 누구를 위해 썼고 구체적으로 어떤 정보를 담았는지, 타깃 독자층과 기획 의도를 작성한 후 그에 맞춰 세부 목차도 구성해보기 바랍니다. 여기에 상세한 시장 분석까지 더하면 출간 기획안이 완성됩니다. 이제 이 기획안을 대여섯 군데의 출판사에 보내기 바랍니다.

만일 일주일 내에 한 출판사라도 여러분의 투고 제의에 응했다면, 여러분의 생각이 맞았습니다. 여러분은 지금까지 단순히 홍보 부족으로 러브콜을 받지 못했던 겁니다. 하지만 일주일이 지나도록 어디서도 연락이 오지 않는다면, 이제는 인정해야 합니다. 문제는 여러분의 글에 있다는 사실을 말입니다. 지금부터는 여러분이 쓴 글을 전면적으로 재검토해야 할 시간입니다.

　검토 결과, 여러분의 글은 아마 충분히 전문적이지 않거나 혹은 너무 어렵게 쓰였을 겁니다. 그것도 아니라면 그저 재미가 없는 것일 수도 있습니다. 그래서 여러분의 계정을 팔로우하거나(인스타그램) 이웃을 맺은(네이버) 독자의 수도 그렇게 많지 않을 겁니다. 그렇다면 이제 여러분은 목표를 다르게 설정해야 합니다. 지금부터 여러분의 목표는 '누구도 무시하지 못할 규모로 SNS 계정을 키우는 것'입니다. 이웃이나 팔로워 수의 꾸준한 증가는 여러분의 자기 PR이 제대로 돼가고 있음을 보여주는 가장 분명한 지표입니다. 이제 독자 수 증가를 나침반 삼아 글을 쓰기 바랍니다.

　그런데 독자 수가 얼마큼 되어야 '누구도 무시하지 못할 규모'에 달했다고 할 수 있을까요? 저는 그 기준을 10K, 즉 만 명으로 봅니다. 만 명은 단순히 이웃을 먼저 추가하거나(네이버) 팔로우를 눌러서(인스타그램) 도달할 수 있는 숫자가 아닙니다. 인스타그램은 하루에 팔로우를 누를 수 있는 횟수가 제한돼 있고 블로그는 전체 이웃 수가 5,000명이 넘으면 서로 이웃 신청을 할 수 없습니다. 이런 제한이 아니더라도 일반인이 글쓰기에 대한 노력 없이 만 명의 팔로워를 갖는 것은 굉장히 어려운 일입니다. 사람들은 그렇게 호락호락하지 않습니다. 특히 여러분이 자기 PR을 위해 글을 쓴다는 것을 알면 더욱 경계심을 내비칠 겁니다. 누구도 다른 사람의 돈벌이에 이용되고 싶지 않기 때문입니다.

따라서 만 명의 독자를 얻으려면 여러분은 글의 수준을 높여야 합니다. 글 안에 양질의 정보와 재미, 둘 다를 담아야 합니다. 이 많은 사람을 매료시키기 위해서는 여러분이 가진 가장 좋은 것을 내놓아야 하는 겁니다. 바꿔 말하면, 독자 수가 만 명이 넘는다는 것은 이 계정을 신뢰해도 좋다는 보증서나 다름없습니다. 물론 외국인과 상업 계정만을 무작위로 팔로우하는 방식으로도 구독자 수를 크게 늘릴 수는 있습니다. 흔히 말하는 '부계정' 중에 이런 경우가 많은데, 이런 계정은 한눈에 봐도 글의 품질이 좋지 않습니다.

그러나 전문 지식과 유머, 독자들과의 꾸준한 소통으로 만 명에 달하는 사람들을 매료시킨 경우라면, 글의 품질은 보장된 것이나 다름없습니다. 여기서부터는 여러분의 글로 어떤 책을 만들지, 출판사에서 고민해야 할 단계입니다.

하지만 독자 수를 늘리는 것에만 집착하면 조급해지기 쉽습니다. 조급함은 꾸준한 글쓰기의 최대의 적입니다. 안절부절 못하고 실망하다가 제풀에 지치고 말 겁니다. 따라서 자기 PR 글쓰기를 할 때는 내심 10년은 쓰겠다고 마음을 먹고 시작하기 바랍니다. 부담을 가질 필요는 없습니다. 10년은 진짜 기한이 아닙니다. 진짜 기한은 오늘 하루입니다. 오늘, 가볍게 글 한 편을 쓰는 것이 우리의 진짜 목표입니다.

꾸준히만 쓴다면 아무리 느리게 오더라도 결국 기회는 옵니다. 그러나 아무것도 쓰지 않으면 아무 일도 일어나지 않습니다. 이런 역량과 이런 개성을 가진 여러분이 이곳에 있다는 사실을, 자기 PR 글쓰기를 통해 꾸준히 세상에 알리기 바랍니다.

마음이 마음대로
안 될 때는 쓰기 바랍니다

갈수록 사는 게 쉽지 않습니다. 다들 불안한 마음을 여미며 간신히 일상을 끌고 가다 보니 주변에 마음이 아픈 사람이 참 많습니다. 특히 2030 세대 중에는 가벼운 우울증이나 불안 장애 하나 겪지 않는 사람을 찾아보기 어려울 정도입니다. 통계를 확인하니 이게 단순히 제 느낌만이 아니라는 것을 알 수 있습니다. 2017년부터 5년 동안 우리나라 전체 우울증 환자 수가 무려 30퍼센트 이상 증가했다고 합니다. 그중 20대 환자의 증가율은 자그마치 127퍼센트나 됩니다.[4]

코로나 영향이 없지는 않겠으나, 5년 만에 두 배가 넘는 청년들이 우울증으로 병원 문을 두드렸다는 사실이 가슴을 무겹게 짓누릅니다. 없는 형편에, 버티고 버티다 겨우 무거운 발걸음을 옮겼을 거라고 생각하니 더욱 마음이 아픕니다. 5년 전이라고 사는 것이 만만치는 않았을 텐데, 우리는 갈수록 마음이 아픈 세상에 사는 것이 분명합니다.

그런데 한편으론 그럴 만도 하다는 생각이 듭니다. 세상은 갈수록 더 많은 것들을 갈망하라고 말합니다. 서울에 아파트 한 채는 있어줘야지, 외제 차는 몰아줘야지, 주말에 필드(골프장)는 나가줘야지, 오마카세는 먹어줘야지…. 학교를 가든, 회사를 가든, 집에서 텔레비전을 볼 때조차도, 아무렇지 않게 이런 말들을 들을 수 있습니다. 그리고 언젠가부터는 내 입에서도 비슷한 말들이 흘러나옵니다. 온종일 일하면서 고작 오마카세에도 벌벌 떠는 내가 불쌍해. 이런 똥차나 끌고 다니는 내가 한심해. 서울에 내 집 한 채 없다는 게 너무 분해. 지금 골프를 안 배우면 뒤처지는 게 아닐까?

우리의 진짜 현실은?

그런데 이 '줘야지' 목록을 조금만 자세히 들여다봐도 잘

못된 것은 내가 아니라 목록 자체에 있다는 것을 알 수 있습니다. 집값이 떨어졌다고는 하나 서울 아파트 평균 가격은 여전히 12억 원 선이고,[5] 외제 차 중 그나마 저렴하다는 테슬라는 최저가 모델도 6,000만 원에 상당합니다. 골프장에서 라운딩 한 번 하려면 30만 원은 있어야 하고, 그 와중에 저녁을 오마카세로 먹겠다면 한 끼에 10만 원이 훌쩍 넘는 돈을 지불해야 합니다. 그래봤자 그늘집(골프장 간이 식당) 탕수육보다는 저렴하니, 합리적인 소비라고 해야 할까요?

누군가에게는 그럴지도 모르겠습니다만, 대다수 사람에게 이 가격은 조금도 합리적이지 않습니다. 2023년 기준 우리나라 1인 가구 중위소득은 208만 원이 채 안 됩니다.[6] 여기서 중위소득이란 소득이 가장 낮은 사람부터 가장 높은 사람까지, 근로자들을 일렬로 줄을 세웠을 때 정중앙에 있는 사람의 월소득을 말합니다. 실질적인 평균 소득이라고 할 수 있습니다. 참고로 2023년 우리나라 최저 월급은 주 40시간 기준 201만 원입니다.

그렇다면 반대로, 상류층의 시작이라고 할 수 있는 우리나라 상위 10퍼센트의 자산 수준은 어느 정도나 될까요? 2022년 통계에 따르면, 우리나라 순자산 상위 10퍼센트의 기준 금액은 약 11억 원입니다.[7] 그런데 앞서 서울 아파트 평균 가격이 12억 원 정도라고 말씀드렸습니다. 즉 우리는 상위 10퍼센트의 자산가들도 누리지 못하는 생활 수준을 '이 정도는 해줘야지'라며 마땅히 도달해야 할 삶의 모습으로 갈망하는 겁니다. 이러니 최저임금도 겨우 받는 청년들이 심각한 우울증과 불안 장애를 호소하는 것은 어찌 보면 당연한 일일지도 모르겠습니다.

✉ **중장년층의 현실은?**

그렇다면 중장년층은 사정이 좀 나을까요? 대한민국 경제 중흥기에 사회생활을 시작해 열심히 회사에 다니며 아파트를 사고 대출금을 갚은 끝에 간신히 중산층 반열에 오른 지금의 5060 세대야말로 청년들의 꿈속을 산다고 할 수 있습니다. 그렇게 인생의 정점에 다다른 대한민국의 중장년층은 비로소 마음의 평안을 느끼며 기쁨으로 가득 찬 일상을 누리고 있을까요?

당장 여러분의 부장님이나 사장님의 얼굴을 떠올리면 쉽

게 그 답을 구할 수 있을 겁니다. 이들 중 누군가는 정말 강남의 50~60평대 아파트에 살면서 중형 외제차를 끌고 다닐 겁니다. 주말에는 골프장에서 라운드를 돈 뒤 유명 셰프가 운영하는 일식집으로 가서 혀끝에 닿자마자 녹아내리는 오마카세를 먹고 이쑤시개로 있지도 않은 찌꺼기를 쑤시는, 그런 꿈같은 삶을 살고 있을 겁니다. 그러나 여러분도 그렇고 저도 그렇고 우리 중 누구도, 내적 기쁨으로 충만한 얼굴로 인사를 건네는 부장님이나 사장님을 뵌 적이 없습니다. 오히려 신입사원보다 일찍 출근해 새벽부터 초조하고 불안한 얼굴로 컴퓨터 앞을 지키는 모습을 종종 볼뿐입니다.

게다가 중장년층에게는 청년층은 아직 겪지 못한 심각한 마음의 문제가 있습니다. 바로 공허감입니다. 지금까지 가족들을 위해 뒤도 옆도 돌아보지 않고 오직 앞만 향해 달려왔는데, 어느 날 문득 고개를 들어보니 가족들과는 서먹서먹하고 사방에는 적밖에 남아 있지 않습니다. 기력은 예전 같지 않고 그 까맣던 정수리는 이렇게 휑해졌는데, 내 고단함을 알아주는 사람은 어디에도 없는 것 같습니다. 그제야 '나는 뭔가, 지금껏 무엇을 위해 이토록 정신없이 달려온 건가' 하는 허탈함이 밀려듭니다. 그러나 이 공허한 마음을 털어놓을 수 있는 사람은 어디에도 없습니다. 배우자와의 진솔한 대화는 끊긴 지 오래고, 회사에는 내가 안 되기만을 바라는 사람들뿐입니다.

✉ 가장 사적인 마음의 의지처, 글쓰기

청년부터 장년에 이르기까지, 누구 하나 마음을 털어놓을 의지처가 없다는 것은 심각한 문제입니다. 심장은 불안으로 터질 것 같은데, 가슴에는 거대한 구멍이 뚫린 것 같은데, 이 위험한 감정을 안전하게 토해낼 곳이 없으니 마음이 점점 안으로만 곪아갑니다. 이럴 때일수록 여러분은 써야 합니다. 글쓰기는 우리가 안심하고 마음을 털어놓을 수 있는 가장 사적인 의지처이기 때문입니다. 또 낡고 헤진 마음을 단단하게 붙여주는 효과적인 치유제이기도 합니다.

'치유의 글쓰기'라는 말을 한 번쯤은 들어봤을 겁니다. 어떤 분들은 이 말에 또 다른 '힐링 팔이' 아니냐며 반감을 드러내기도 하는데, 그렇게만 치부하기에 글쓰기는 이미 오래전부터 서구권 국가들에서 효능이 입증된 치료법으로 활용돼왔습니다. 특히 미국은 무려 200년 가까이 글쓰기를 정신과 치료에 활용해왔습니다. 현재 글쓰기는 미국의 전미시문학치료학회NAPT와 독일의 프리츠펄스연구소FPI를 중심으로 그 치료 효과가 활발하게 연구되고 있고, 정신질환 치료뿐만 아니라 일반인들을 위한 생활 프로그램으로도 적극 활용되고 있습니다.

서구권 국가들처럼 활발하지는 않지만, 우리나라에도 성모병원이나 명지병원 같은 종합병원에서 글쓰기를 정신과 치료에 활용하고 있습니다. 의사들은 글쓰기 치료가 위장장애나 두통처럼 주로 심리적 억압으로 발생하는 증상에 특히 효과가 있다고 입을 모읍니다.[8] 또 글쓰기를 통한 내면의 안정이 환자들의 전반적인 신체 면역력 강화에 실질적인 도움을 준다고 말합니다. 이렇게 의학계에서도 인정하는 글쓰기의 치유 효과를 단순히 힐링 팔이로만 치부하기는 어려워 보입니다.

사실 의사들의 증언이 아니더라도 글을 쓰는 사람이라면 누구나 한 번쯤은 글쓰기의 치유 효과를 경험해봤을 겁니다. 특히 우울감이나 불안감이 극에 달할 때 글을 쓰면, 안에 있던 응어리가 해소되면서 이내 마음이 차분해지는 것을 느낄 수 있습니다. 이런 마음의 건강이 몸의 건강으로 이어지는 것은 자연스러운 일입니다. 그러니 무거운 마음을 털어놓을 곳이 필요한 분들은 일단 메모장에 여러분의 마음을 한 줄이라도 끄적어보기 바랍니다. 메모지는 이내 구겨져서 쓰레기통에 처박히겠지만, 그렇게 버려진 메모지가 쌓여가는 만큼 여러분의 마음은 전보다 더 단단해져 있을 겁니다.

나를 찾는 글쓰기

연구자들은 글쓰기를 '자신을 알아가는 과정'이라고 정의합니다.[9] 정말 맞는 말입니다. SNS 글이든, 에세이든, 심지어 회사 보고서를 쓸 때도 우리는 글 안에 자신을 한 조각 담아놓기 때문입니다. 단어 사용과 문장 구성, 표현 하나에서도 글을 쓴 사람의 성향을 읽을 수 있습니다.

보고서도 이런데, 우울할 때, 불안할 때, 공허감으로 견딜 수 없는 그 순간에 내 마음을 쓴다는 것은 자신을 직접 대면하는 일이나 다름없습니다. 쓰는 동안 우리는 자신의 욕망을 들여다보고, 나라는 사람을 더 분명히 알게 됩니다. 즉 나에 대해 쓴다는 것은 나라는 사람을 알아가는 과정이라고 할 수 있습니다.

자신을 정확히 아는 것만으로도 우리의 마음은 위안을 얻습니다. 인터넷에서 얼굴도 모르는 사람으로부터 공감을 받아도 큰 위로가 되는데, 자기 자신에게서 내면의 감정과 욕구를 이해받는다면 상상 이상의 정서적 안정을 얻게 됩니다. 그렇게 우리는 씀으로써 더욱 단단해질 수 있습니다.

✉ 욕망 알아차리기

존재하는 글쓰기는 무엇보다 자신의 진짜 욕망을 들여다보게 합니다. 글을 쓰는 동안 내 안에서 부글부글 끓고 있는 욕망 가운데 어느 것이 진짜 나의 욕망이고 어느 것이 사회가 주입한 남의 욕망인지 분간할 수 있게 됩니다. 욕망은 '나'로 들어가는 핵심 관문입니다. 나의 진짜 욕망을 알아야 비로소 '나'로 존재하는 길이 열립니다.

저도 사회 초년생 시절에는 지금의 20대처럼 정신없이 학점을 따고 스펙을 쌓느라 글쓰기를 거의 하지 못했습니다. 사회에서 정해놓은 것들을 하나씩 완수해나가는 것도 버거운 나머지 글쓰기를 시간 낭비라고 여겼습니다. 그렇게 정신없이 남들을 따라 살았더니 어느새 제 내면은 남의 말과 남의 욕망으로 가득 차게 됐습니다. 취직은 무조건 대기업에 해야 한다고 생각했고, 연봉은 5,000만 원 이상은 받아야 한다고 생각했습니다. 텔레비전을 봐도 억대 연봉이라는 말을 쉽게 들을 수 있는데, 유학도 갔다 왔으니 그 정도는 받아야 할 것 같았기 때문입니다.

어림도 없는 생각이었습니다. 당시 그 정도 연봉을 받으려면 초일류 대기업에 들어가야 했는데, 저는 연령이나 전공, 어느 면에서도 대기업에서 선호하는 사람이 아니었습니다. 그래서 3,000만 원이 조금 넘는 연봉을 받고 일을 시작했을 때 저는 늘 불만에 차 있었습니다. 이것저것 떼고 나니 300만 원도 한참 안 되는 액수가 통장에 찍히는 것을 보면서 허탈감을 느꼈습니다. 그렇게 열심히 공부했고, 이렇게 오랜 시간 일하는데, 결과가 고작 이것뿐이라는 사실을 받아들이기 어려웠습니다.

남들은 다 강남에 살면서 외제차를 타고 다니는 것 같은데, 이 연봉으로는 서울에 방 한 칸 마련할 길이 까마득했습니다. 부모님 말씀, 선생님 말씀 거역 안 하고 열심히 산 내가 왜 이런 가난과 결핍을 겪어야 하는지, 어쩐지 사회가 잘못됐다고 느꼈습니다. 지금 20대들은 그때의 저와 다른 것을 보고 들으며 자랐겠지만, 당시 제가 느끼던 감정만큼은 똑같이 느낄 겁니다. 바로 상대적 박탈감입니다.

제가 그때 글쓰기를 했다면, 그런 식으로 결핍감과 피해의식에 시달리며 20대를 보내지 않았을 겁니다. 취직을 한 것만으로도 얼마나 운이 좋은지, 사회 초년생이 월세를 사는 것이 얼마나 자연스러운 일인지, 오히려 그 나이에 서울에 내 명의로 된 아파트를 갖길 바란다는 것이 얼마나 터무니없는 욕심인지를 진작에 깨달았을 겁니다. 만일 그때 글쓰기를 했다면, 저는 애초에 그 직장들을 전전하지 않았을 겁니다. 그곳을 다니며 이루고자 했던 모든 것들이 실은 제 욕망이 아니었음을 그때 이미 알았을 것이기 때문입니다.

저는 당시 제법 괜찮은 환경에서 근무하고 있었지만, 회사 생활 자체를 못 견뎌 했습니다. 그래서 이직이 잦았고, 그렇게 가고 싶었던 연구소에서 면접을 보러 오라고 했을 때도 결국 가지 않았습니다. 합격한다고 해도 도저히 그 생활을 견디지 못할 것 같았기 때문입니다. 그래서 저는 한동안 자신을 원망했습니다. 남들 다 하는 직장 생활도 못 하는 제가 한심하고 무능해 보였습니다. 만일 그때라도 글쓰기를 했다면, 저는 스스로를 그렇게 미워하지 않았을 것입니다. 제가 원한다고 믿었던 그 모든 것들이 실은 다른 사람들 눈에 좋아 보이려고 좇았던 남의 욕망임을 진작에 알아차렸을 것이기 때문입니다.

존재하는 글쓰기

대부분의 사람은 좋은 집, 큰 차, 비싼 음식과 사치스러운 여가 생활을 갈망합니다. 그것들이 우리를 행복하게 해준다고 믿기 때문입니다. 그런데 이 욕망을 자세히 들여다보면, 우리가 궁극적으로 원하는 것이 집과 차, 그 자체가 아니라 그것들이 가져다줄 '행복'에 있다는 것을 알 수 있습니다. 즉 우리는 행복으로 채워진 일상을 갈망하는 겁니다.

문제는 이런 행복한 일상을 어떻게 하면 가질 수 있는지, 그 방법을 모른다는 데 있습니다. 방법을 모르니 부모님께 칭찬받을 만한 것, 친구들이 부럽다고 할 만한 것, TV에서 좋다고 떠드는 것, 즉 남들이 욕망하는 것들을 마치 내 것이라고 착각하며 좇는 겁니다. 그래서 강남의 아파트와 비싼 차, 사치스러운 여가 생활과 비싼 음식을 갈망합니다.

그러나 우리는 지금껏 한 번도 진짜 내 욕망이 무엇인지 제대로 들여다본 일이 없습니다. 진짜 내 욕망, 진짜 내가 원하는 것을 알기 위한 가장 확실하고 쉬운 방법이 바로 글쓰기입니다. 이렇게 나를 알기 위해 쓰는 글을 저는 '존재하는 글쓰기'라고 부릅니다.

존재하는 글쓰기는 진짜 내 욕망이 무엇인지 아는 것에서 시작합니다. 사회가 만든 이상적인 상像에서 벗어나 진짜 내가 원하는 것, 진짜 내 마음이 향하는 것이 무엇인지, 꼬리에 꼬리를 무는 질문 속에서 글쓰기는 시작됩니다. 그 질문들 끝에서 여러분은 다른 사람의 욕망 아래 덮여 있는 자신의 진짜 욕망과 대면하게 될 겁니다. 그렇게 감춰진 내 진짜 욕망이 무엇인지 아는 것만으로도 우리가 가진 괴로움은 상당 부분 덜어집니다. 더 이상 남의 말과 남의 욕망에 무기력하게 휘둘리지 않을 수 있기 때문입니다.

존재하는 글쓰기는 단 한 명의 독자를 위해 쓰는 글입니다. 그 한 명의 독자는 다름 아닌 여러분 자신입니다. 즉 우리는 자기 자신과 대화를 나누기 위해 글을 쓰는 겁니다. 그런데 이 대화는 그냥 대화가 아닙니다. 마음의 바닥까지 내려가서 나누는 통렬한 대화입니다.

여러분은 아마 연인이나 친구, 혹은 부모님과 바닥까지 내려간 대화를 나눈 경험이 있을 겁니다. 그리고 그 대화가 별로 아름답지 않았다는 것도 기억할 겁니다. 지금 내가 얼마나 힘든지, 얼마나 절박한 상황인지, 눈물·콧물을 흘려가며 여러분의 마음을 샅샅이 드러내 보이는 데에만 집중했을 것입니다. 이렇게 바닥까지 내려가서 나누는 대화에는 예법이나 사회적 규칙 같은 것은 중요하지 않습니다. 중요한 것은 오직 내 진짜 마음을 보여주는 것뿐입니다.

존재하는 글쓰기도 마찬가집니다. 이 글을 쓸 때는 오타나 비문, 그 외 어떤 작법 원리도 생각할 필요가 없습니다. 어떤 검열 작용도 거치지 않고 심연에서 떠오르는 말들을 자유롭게 적어 내려가면 됩니다. 다른 사람의 시선 같은 것도 신경 쓸 필요가 없습니다. 그저 내 욕망을 알아차리고 이런 내 모습을 받아들이기만 하면 됩니다.

그렇게 마음의 바닥까지 내려가서 내 진짜 욕망과 마주하고 나면 자신에게 정말 중요한 것이 무엇인지 알게 됩니다. 남들이 말하는 것들을 무작정 좇을 필요가 없다는 사실도 깨닫게 됩니다. 서서히 우울과 공허의 구름이 걷히면서 어느 순간 그저 존재하는 것만으로도 행복할 수 있다는 사실을 알게 됩니다. 바로 그 순간을 위해 존재하는 글을 쓰는 겁니다.

미국의 한 문학평론가가 데카르트의 명제를 빗대어 이렇게 말한 적이 있습니다. "나는 쓴다, 고로 존재한다."[10] 그러나 굳이 저명한 학자의 말을 빌리지 않더라도 쓰는 사람이라면 누구나 이 말의 의미를 이미 실감하고 있을 겁니다. 쓰는 동안에는 내가 지금 이곳에 존재한다는 사실을 그 어느 때보다 생생하게 자각할 수 있기 때문입니다. 우리는 씀으로써 자신을 알 수 있습니다. 자신을 앎으로써 나로 존재할 수 있습니다. 결국, 써야 존재할 수 있습니다. 그제야 나로 살아갈 수 있습니다.

✉ 여러분의 우물이 괜찮기를 바랍니다

사람들의 내면에는 깊이를 알 수 없는 마음의 우물이 하나씩 자리 잡고 있습니다. 그러나 바쁜 생활 속에서 누구도 자신의 우물을 제대로 들여다보려 하지 않습니다. 그저 성긴 덮개로 대충 덮어놓고는 마치 우물이 없는 듯 살아갑니다. 평소에는 그런 미봉책이 효과가 있지만, 한 번씩 거대한 감정의 파고가 일면 조악한 덮개는 흔적도 없이 날아가 버립니다. 그럼 순식간에 심연까지 뻥 뚫린 거대한 구멍이 여러분의 가슴 한 가운데 생기는 겁니다. 생살이 드러난 것처럼 마음이 아프고 쓰라릴 수밖에 없습니다.

글쓰기는 그렇게 드러난 마음의 우물 안으로 조심스럽게 두레박을 내려보내 진심을 길어 올리는 일입니다. 인내심을 갖고 두레박을 천천히 내리다 보면 언젠가는 우물 바닥에서 생명수 같은 진심을, 여러분의 진짜 욕망을 길어 올릴 수 있을 겁니다. 그때가 되면 여러분은 비로소 마음의 문제에서 좀 더 자유로워질 수 있습니다. 글쓰기를 통해 여러분의 마음속 우물이 늘 평안하기를 바랍니다. 어떤 풍랑에도 마음의 물결이 잔잔할 수 있도록 매일 글쓰기로 자신을 비춰보기 바랍니다.

제 2 장

일상 글,
쉽게 쓰는 방법이
있습니다

♯
글은 문장이 아니라
생각으로 쓰는 겁니다.
좋은 생각이 좋은 글의 전부입니다.

글은 문장으로
쓰는 것이 아닙니다

──────── "글을 써보고는 싶은데 문장을 쓸 줄 몰라요." "멋있는 문장을 못 쓰니깐 글을 쓰는 게 재미없어요." 글을 한 번 써보라고 권할 때마다 듣는 이야기입니다. 여기에 글쓰기에 관한 뿌리 깊은 오해가 있습니다. 바로 멋진 문장이 곧 좋은 글이라는 생각입니다.

이런 관점을 가지면 타고난 재능을 지닌 사람만이 글을 쓸 수 있다는 결론으로 이어져 지레 글쓰기를 포기하게 됩니다. 가볍게 SNS 글쓰기를 시작해보라고 할 때 듣는 이야기도 한결같습니다. "넌 글을 잘 쓰지만, 난 재능이 없잖아." 그러면 저는 아주 속이 타들어 갑니다.

글은 재능으로 쓰는 것이 아닙니다. 물론 그런 분야가 있기는 합니다. 소설이나 시 같은 문학 장르는 어느 정도 타고난 재능이 필요합니다. 저도 한강 작가나 황정은 작가의 소설을 읽을 때마다 '난 글렀어'라고 생각합니다. 제게는 그 정도 문장을 구사할 재능이 없기 때문입니다. 그런데도 제가 쓴 글이 제법 그럴듯하다고 여겨진다면, 그 이유는 문장이 좋아서가 아닙니다. 문장에 담긴 생각이 잘 전달되기 때문입니다.

우리가 일상에서 읽고 쓰는 대부분의 글은 전달력이 필요한 글이지 문학적 재능이 필요한 글이 아닙니다. 다행히 전달력이 좋은 글은 배우면 누구나 잘 쓸 수 있습니다. 꾸준히만 연습한다면, 이번 생에 한강 작가처럼 쓰는 것은 어렵겠지만, 저만큼은 쓸 수 있습니다.

글은 생각으로 쓰는 겁니다

글을 잘 쓰고 싶다면, 두 가지 관점의 전환이 필요합니다. 첫째, 글은 문장이 아니라 생각으로 쓴다는 점입니다. "좋은 생각이 좋은 글의 전부다."[11] 세계적인 컴퓨터 프로그래머이자 잘 알려진 수필가, 폴 그레이엄이 한 이 말도 같은 맥락에서 이해할 수 있습니다. 글은 생각으로 씁니다. 그리고 이 생각을 분명하게 전달한 글이 잘 쓴 글입니다. 멋진 문장은 생각을 좀 더 인상 깊게 전달하기 위한 도구이지, 그 자체가 목적이 되어서는 곤란합니다. 멋진 문장을 목표로 삼으면 쓰는 일 자체가 고역이 되기 때문입니다. 유미주의 작품을 쓰는 것이 아니라면 생각에 집중하기 바랍니다. 생각이 좋으면 화려한 수사를 몰라도, 그럴듯한 은유가 떠오르지 않아도, 얼마든지 좋은 글을 쓸 수 있습니다.

둘째, 글쓰기는 단순히 생각을 글자로 옮기는 활동이 아닙니다. "기껏 글은 생각으로 쓰는 거라고 해놓고 이제 와 무슨 소린가?" 할 것도 같습니다. 사실 우리가 생각이라고 부르는 것에는 구체적인 실체가 없습니다. 어렴풋한 인상과 감정, 좋거나 싫다는 느낌만이 의식 위로 잠시 떠올랐다가 사라질 뿐입니다. 즉 생각이란, 감각과 감정, 인상, 느낌 같은 것들이 한데 뒤엉켜 있는, 머릿속 구름 같은 것이라고 할 수 있습니다. 따라서 생각만으로는 글을 쓸 수 없습니다. 생각이 글이 되기 위해서는 반드시 구체화 과정이 필요합니다.

생각을 구체화하는 방법에는 두 가지가 있습니다. 바로 말하기와 글쓰기입니다. 말하기는 생각이 떠오르는 순간 언어로 구체화합니다. 빠르고 즉흥적이지만, 내뱉는 즉시 말은 사라집니다. 반면 글은 느리지만 사라지지 않습니다. 지면 위로 한 자한 자 천천히 구체화되면서 오래도록 그곳에 남아 있습니다.

그러나 생각을 지면 위로 끄집어내기까지는 많은 과정을 거쳐야 합니다. 정확히 무슨 말을 하고 싶은 건지, 이 내용을 어떻게 논리적으로 표현할 것인지, 여러 번 쓰고 지우기를 반복한 후에야 막연한 구름 같던 생각이 천천히 그 윤곽을 드러냅니다. 그렇게 한 줄 두 줄 써지는 문장을 보면 또 다른 생각이 꼬리에 꼬리를 물고 일어납니다. 생각이 점점 발전하고 확장하는 겁니다. 즉 글쓰기 자체가 생각의 일부라고 할 수 있습니다.

실제로 글을 쓰다 보면 처음엔 단순하고 불분명하던 생각이 점점 고차원적이고 가치 있는 무언가로 발전하는 경험을 한 번쯤은 해본 적이 있을 겁니다. 이것이 글쓰기의 1차 확장입니다. 쓰는 것만으로도 생각이 더 깊고 분명해지는 겁니다. 그렇게 발전한 생각을 글로 잘 풀어내면 누군가 그 글을 읽고 자신의 경험 위에서 또 다른 글을 쓰기도 합니다. 여기서 글쓰기의 2차 확장이 일어납니다. 여러분의 생각이 글이라는 형태로 소통되면서 이제 여러분은 알지 못하는 방식으로 끝없이 확장해나가는 겁니다. 이렇게 뻗어나가는 글쓰기를 위해서는 문장 훈련이 아니라 생각 훈련이 필요합니다.

그런데 많은 분이 글쓰기 연습을 한다면서 필사를 합니다. 물론 필사도 나름의 장점이 많은 활동입니다. 좋은 문장을 깊이 각인시킬 수 있고, 정서 함양의 효과도 큽니다. 종이를 만지면서 훌륭한 문장을 따라 쓰면 지적인 자극과 함께 정서적 안정도 느낄 수 있습니다. 정말 좋은 활동입니다만, 글쓰기에 효과적인 방법은 아닙니다. 아무리 좋은 문장이라도 남의 생각을 따라 쓰기만 해서는 내 생각으로 된 글을 쓰는 데는 별 도움이 되지 않기 때문입니다. 내 글을 잘 쓰고 싶다면, 내 생각을 훈련해야 합니다.

✉ 글쓰기 전前 단계에서의 생각 훈련

생각 훈련의 중요성은 글쓰기 과정에 대한 바른 이해에서 시작됩니다. 모든 글쓰기는 결국 질문에 답을 하는 과정이라고 할 수 있습니다. 어떤 현상이나 사건에 대해 문제의식을 갖고 나만의 답을 제시하는 과정이 바로 글쓰기입니다. 그런데 여러분이 제시한 답에 다른 사람들도 공감할 수 있으려면 글에 설득력이 있어야 합니다. 설득력을 갖추기 위한 가장 효과적인 방법이 꼼꼼한 자료 조사입니다.

이렇게 본격적으로 글을 쓰기 전에 우리는 ① 문제의식을 갖고 ② 자료를 조사하는 글쓰기 전前 단계를 거치게 됩니다. 생각 훈련의 진가는 바로 이 단계에서 발휘됩니다. 만일 글을 쓸 때마다 뭘 써야 할지 모르겠다고 느낀다면, 평소에 생각 훈련이 잘 돼 있지 않은 탓입니다. 그럼 지금부터 백지만 보면 막막해지지 않도록 생각을 훈련하는 방법에 대해 단계별로 설명해드리겠습니다.

1) 문제의식 단계

모든 글은 문제의식을 갖는 데서 출발합니다. 문제의식이라고 하니 괜히 어렵게 들릴 수도 있는데, 그저 질문을 던지는 일이라고 생각하면 됩니다. 나는 이 글을 읽고 왜 슬픈지, 이 사람의 행동은 왜 나를 불편하게 하는지, 평소와 다른 감정을 느낄 때마다 스스로에게 던지는 이런 질문이 바로 문제의식입니다. 모든 위대한 작품들도 처음에는 이렇게 간단한 질문에서 출발했습니다. 『채식주의자』는 고기를 먹는 게 왜 섬뜩하게 느껴지는지에 대한 질문에서 출발했고, 『총, 균, 쇠』는 문명이 발전하는 속도가 왜 각기 다른지에 대한 질문에서 출발했습니다. 글쓰기는 이렇게 나름의 문제의식을 갖고 그 답을 고민해 보는 데서 시작합니다.

그런데 막상 질문 거리를 찾으려고 들면 주변에 딱히 문제될 게 없어 보입니다. 일상은 늘 비슷비슷한 모습으로 굴러가기 때문에 어디서 문제의식을 가져야 할지 가늠조차 안 되는 경우가 많습니다. 사람들이 쓸 게 없다고 말하는 것도 이런 이유 때문입니다. 그러나 조금만 주의를 기울이면 질문할 거리는 도처에 널려 있습니다. 다만 우리가 주변에서 벌어지는 일들에 크게 의문을 갖지 않을 뿐입니다.

문제의식을 잘 느끼기 위해서는 주변의 상황을 예민하게 볼 수 있는 눈이 있어야 합니다. 사람들이 당연하게 여기는 것의 이면을 보고 그 순간 나를 휘어잡은 감정에 대해 섬세하게 느낄 수 있어야 합니다. 예민하게 관찰할수록, 아프게 느낄수록 여러분이 쓰는 글의 밀도는 높아집니다.

생각 훈련은 이처럼 당연해 보이는 것들에 끊임없이 질문을 던짐으로써 예민한 시선을 기르는 일입니다. 예를 들어 우리는 왜 이렇게 바쁘게 사는 것인지, 바쁘게 사는데도 왜 생활의 안정을 얻지 못하는 것인지, 한 번씩 멈춰 서서 당연한 삶의 형태와 규칙에 대해 질문을 던지고 답을 고민해보는 겁니다. 이렇게 생각 훈련을 생활화하면 어느 날 여러분을 둘러싼 많은 것들이 예민하게 시선 안으로 들어오는 순간이 있을 겁니다. 그 시선 속에서 일상의 사소한 질문들이 삶과 죽음과 정의와 자유와 같은 근원적이고 거대한 주제로 발전하게 될 겁니다.

2) 자료 조사와 개요 쓰기

문제의식이 생겼다면 이제 그 답을 찾을 차례입니다. 앞서 언급했듯 설득력 있는 답을 쓰기 위해서는 꼼꼼한 자료 조사가 필요합니다. 만일 보고서나 리포트 같은 정보 글을 쓴다면 자료를 조사하는 방법은 간단합니다. 인터넷 검색으로 관련 자료를 찾아보거나 비슷한 주제의 책을 읽으면 됩니다. 아니면 관련된 경험이나 논리 근거를 고민해보는 것도 좋은 자료 조사 방법입니다.

예를 들어 '필사는 글쓰기에 별로 효과적인 것 같지 않다'라는 문제의식이 생겼다면, 가장 먼저 필사 효과를 언급한 기사나 책을 찾아보면 됩니다. 그런데 조사를 해보니 오히려 필사가 글쓰기에 좋다는 주장이 더 많다면, 어떻게 해야 할까요? 사실 이렇게 반대 주장이 있을 때 글쓰기는 더 수월해집니다. 주장을 강화할 근거를 수집하기도 쉽고 자신의 문제의식을 반대편 시선에서 한 번 더 점검할 수 있기 때문입니다. 훌륭한 반박 글이 한 편 나올 수 있습니다.

먼저 반대편 주장의 근거를 수집해 내용을 자세히 살피기 바랍니다. 그 결과, 반대 근거에 충분히 설득력이 있다고 느낀다면, 여러분은 이제 의심을 거두고 열심히 필사를 하면 됩니다. 여러분의 문제의식이 틀렸을 가능성이 크기 때문입니다. 그러나 반대편의 근거가 조목조목 반박된다거나 혹은 아무리 필사를 해도 여전히 글을 쓰는 게 어렵다면, 처음의 문제의식으로 다시 돌아가야 합니다. 그리고 여러분만의 답을 쓰기 바랍니다. 이때 반대편 주장을 반박하는 내용이 여러분 글의 핵심 근거가 될 겁니다.

그럼 지금부터 함께 개요를 써보도록 하겠습니다. 먼저 필사가 글쓰기에 효과적이라는 주장을 펼치는 책이나 강의를 찾아 주요 근거를 정리해봅니다.

- 근거 1. 필사를 하면 일상에서 잘 사용하지 않는 단어에 대한 어휘력을 높일 수 있다.
- 근거 2. 필사를 하면 구성 방법을 익힐 수 있다.
- 근거 3. 유명 소설가들은 필사로 문장력을 키운다.

다음으로 각각의 근거를 반박하는 내용을 조사하여 순서대로 써봅니다.

- 반박 1. 글을 잘 쓰기 위해 일상에서 사용하지 않는 어휘까지 알아야 하는 것은 아니다. 일상의 언어로도 자신의 생각을 충분히 매력적으로 전달하는 에세이나 소설을 얼마든지 찾아볼 수 있다.
- 반박 2. 필사를 하면 오히려 단어나 표현 같은 지엽적인 요소에 집중하게 되어 글의 전체적인 구성을 익히는 데는 별 도움이 되지 않는다. 글의 논리 구조를 익히려면 차라리 같은 책을 여러 번 반복해서 읽는 것이 더 효과적이다.
- 반박 3. 소설은 멋진 문장이나 표현이 중요한 요소이기 때문에 필사가 글쓰기에 도움이 되지만, 일상 글은 다르다. 보고서나 리포트, SNS 글쓰기에서 중요한 것은 생각을 분명하게 전달하는

표현력이다. 그리고 그보다 더 중요한 것이 전달할 가치가 있는 생각을 하는 일이다. 따라서 글을 잘 쓰기 위해서는 생각 훈련이 더 중요하다.

여기까지 했다면 글의 몸통을 구성하는 핵심 근거는 전부 마련된 겁니다. 이 앞뒤로 문제의식을 갖게 된 배경과 결론을 덧붙이면 글의 뼈대가 완성됩니다.

결론을 쓰는 것도 어렵지 않습니다. 문제의식을 한 번 더 언급하여 여러분의 주장을 강화하며 마무리 지으면 됩니다. 만일 반대 주장에 치명적인 단점이 있는 경우 그 내용을 여기서 한 번 더 짚어주면 주장을 더욱 효과적으로 강화할 수 있습니다. 예를 들어 우리 예시문은 "필사를 아무리 열심히 해도 글을 쓰려고 하면 여전히 첫 문장도 떼기 어렵다"는 점을 결론에서 한 번 더 짚어주면 주장이 한층 더 강화됩니다.

간단해 보이지만 평소에 생각 훈련이 잘 돼 있지 않으면 이렇게 논리를 끌어내기가 결코 만만치 않을 겁니다. 특히 예시처럼 객관적 자료보다 논리 근거를 더 많이 활용하는 경우에는 자료 조사 과정부터 막히기 쉽습니다. 이런 난감한 상황을 피하고 싶다면 질문을 던지고 답을 찾아보는 생각 훈련을 평소에 생활화하기 바랍니다.

3) 감성 글 자료 조사

감성 글도 설득력을 갖추기 위해서는 자료 조사가 필요합니다. 다만 조사 대상이 사람들의 감정과 마음이라는 점이 다른 글과 다릅니다. 따라서 책이나 인터넷을 검색하는 것은 별로 좋은 조사 방법이 아닙니다. 그저 평소에 사람들이 왜 그런 말과 행동을 하는지, 누군가의 마음을 가늠해보는 연습을 꾸준히 하는 수밖에 없습니다. 만일 정서 조사가 생활화되지 않으면 자신의 감정에만 매몰되어 상황을 서술하기 쉽습니다. 다양한 상황에서 각자의 입장을 갖고 살아가는 독자들이 이런 편협한 글에서 위안을 얻기는 어렵습니다. 그럼 어떻게 하면 사람들에게 위안을 주는 감성 글을 쓸 수 있는지, 제가 실제로 SNS에 올린 글을 예로 들어 설명해드리겠습니다.

하루는 미용실에서 외모 지적을 받고 화가 난 마음을 글로 풀어보려고 컴퓨터 앞에 앉았습니다. SNS에는 이렇게 화나고 억울한 감정을 토로하는 글이 매일같이 올라옵니다. 그러나 이런 글들은 정말 심각한 사안이 아니고는 대체로 조회 수가 높지 않습니다. 다들 각자의 자리에서 자신만의 전투를 치르느라 다른 사람의 분노나 억울함을 달래줄 마음의 여력이 없기 때문입니다. 게다가 이런 글은 상대방의 입장에 대한 이해 없이 그저 자신의 억울함에만 공감해주길 바라는 경우가 많습니다. 독자의 기氣를 빼앗는 드라큘라 같은 글입니다. 사람들은 없는 기운도 빼앗길까 봐 서둘러 스크롤을 내립니다.

반면 똑같이 부당하고 억울한 사건을 말하는데도 자신도 모르게 게걸스럽게 읽게 되는 글도 있습니다. 답답한 상황에서 시원하게 대처했거나, 넉넉한 마음 씀씀이로 읽는 사람의 마음까지 따뜻하게 만드는 글이 그렇습니다. 이런 글은 저만 좋아하는 것이 아니어서 제가 읽을 때쯤엔 이미 조회 수가 한참 올라간 후입니다. 요즘 같은 영상의 시대에도 사람들은 시원한 쾌감을 주거나 따뜻하게 마음을 녹이는 글은 일부러 찾아 읽는 겁니다. 따라서 읽히는 글을 쓰고 싶다면 같은 내용이어도 독자들에게 기운을 주는 방향으로 써야 합니다. 그래서 저도 제 경험을 이런 식으로 썼습니다.

> 저는 미용실에 가면 멍하게 앉아 텔레비전을 보는 것을 좋아합니다. 집에 텔레비전이 없어서 그런지, 뭘 틀어놔도 재밌기 때문입니다. 그래서 사장님이 제 얼굴에 대해 한마디

씩 할 때도 그저 "예, 예" 하며 텔레비전만 보았습니다.

그런데 반응이 시원찮으니 사장님의 지적이 점점 집요해 졌습니다. "얼굴에 이건 주근깨냐, 기미냐. 이런 건 탤런트 누가 선전하는 마스크, 그거 쓰면 금방 없어진다. 겨우 25 만 원밖에 안 하는데 왜 안 쓰는 거냐. 눈가에 주름은 또 왜 이렇게 많냐, 봐라, 나는 주름도 없다. 마스크도 쓰고 피부과도 다녀서 그렇다." 사장님은 말을 놓은 지 오래였 고, 저도 텔레비전이 눈에 들어오지 않은 지 오래였습니 다. 저는 약이 바짝 올라 웃음 반, 짜증 반, 존댓말 반, 반 말 반, 살뜰하게 반반씩 섞어서 냅다 질렀습니다. "아, 내 얼굴 좀 그냥 냅둬! 늙어서 그런 거니깐 그냥 냅두라고요!" 내지르고 나니 저보다 연세도 많은 사장님께 반말로 대거 리를 한 것이 이내 미안해졌습니다. 사장님은 피부과도 가 고 마스크도 써서 예뻐진 얼굴을 자랑하고 싶었을 뿐인 데, 제가 너무 무심하게 텔레비전만 봤던 것 같습니다. 미 안한 마음에 저는 바로 정중하게 덧붙였습니다. "그러고 보니 우리 사장님, 피부가 정말 고우십니다." 그러나 이 정 중함은 저를 오히려 사이코패스처럼 보이게 할 뿐이었습 니다.

저는 그저 멍하게 텔레비전이나 보고 싶었습니다만, 역시 멍한 시간은 너무 오래 가지면 안 되는가 봅니다. 이제라도 정신을 차리고 화를 좀 다스려야겠습니다. 대신 사장님은 제 얼굴을 가만 내버려두시면 무척 고맙겠습니다.

이 글은 1,000명이 넘는 분들로부터 '좋아요'를 받았는데, 당시 제 인스타그램 팔로워가 3,000명 정도였음을 감안하면 굉장히 많은 분에게서 공감을 얻은 겁니다. 만일 제가 외모 지적을 받고 화난 감정을 토로하는 식으로 글을 썼다면 이렇게까지 큰 호응을 얻지는 못했을 겁니다. 혹은 "내 얼굴 좀 그냥 냅둬!"까지만 썼다면 흔히 말하는 '사이다 글'은 됐을지 모르겠습니다만, 역시 많은 분께 유쾌한 기운을 주기는 어려웠을 겁니다. 아무리 그래도 자기보다 나이 많은 사람에게 반말로 대거리를 하는 것은 잘못된 행동이기 때문입니다.

'사이다 글'이 읽을 때는 시원해도 어딘가 찝찝함이 남는 이유가 바로 여기에 있습니다. 마치 상대방은 확정된 악인이고 자신은 그런 악을 물리치는 정의의 사도처럼 묘사하지만, 자세히 들여다보면 글쓴이의 행동도 딱히 정의롭다고 할 수 없는 경우가 많기 때문입니다. 신형철 평론가의 말처럼 "타인은 단순하게 나쁜 사람이고 나는 복잡하게 좋은 사람인 것이 아니라 우리 모두는 대체로 복잡하게 나쁜 사람"[12]인 겁니다.

사장님도 저처럼 일상의 전투를 치르는 보통 사람일 뿐입니다. 그저 미용 업계에 오래 계시다 보니 잡티 많고 주름진 얼굴은 해결이 필요한 문제라고 여겼을 겁니다. 다만 "너의 얼굴이 문제다"라고 직접 말하는 것이 실례라는 것을 모르셨을 뿐입니다. 그래서 나름의 소명의식으로 신문물을 소개해준 건데, 제가 그 선한 의도를 알아차리지 못하고 무례하게 대거리를 했으니 저도 복잡하게 나쁜 사람이 맞습니다. 정서적 자료 조사는 이렇게 상대방의 입장을 고려하여 그와 나의 마음을 헤아려 보는 과정입니다.

사람의 마음을 헤아린 글에는 강력한 설득력이 있습니다. 마음에 대한 이해 없이 독자를 매료한다는 건 맨손으로 성을 쌓는 것만큼이나 어려운 일입니다. 하지만 어떤 책이나 강의도 그날, 그 상황에 처한, 그 사람의 마음의 이유를 알려주지 않습니다. 그저 평소에 다른 사람의 입장과 기분을 생각해보는 훈련을 꾸준히 하는 수밖에 없습니다. 사소해 보일 수도 있으나, 타인의 감정과 처지를 이해하려는 노력은 글쓰기의 전부나 다름없습니다. 결국, 우리는 다른 사람의 마음을 감화하기 위해 글을 쓰는 것이기 때문입니다. 매료하는 글을 쓰고 싶다면 평소에 다른 사람의 마음을 헤아리는 정서적 자료 조사를 꾸준히 하기 바랍니다.

생각을 훈련하면
서평 쓰기도 쉬워집니다

─────────── 지금까지 글쓰기에서 생각 훈련의 역할과 중요성에 대해 살펴봤습니다. 결국 생각 훈련이란, 우리가 일상에서 무언가를 접하고 경험하면서 느끼는 불편함, 분노, 설렘, 기쁨과 같은 강도 높은 감정에 대해 질문을 던지고 답을 찾는 과정을 의미합니다. 평소에 이런 생각 훈련을 생활화한다면 글쓰기는 한결 수월해집니다. 또 화려하지 않은 문장으로도 얼마든지 독자를 유혹하는 글을 쓸 수 있습니다. 그럼 지금부터 생활 속에서 생각 훈련을 실천하는 방법에 대해 말씀드리겠습니다.

우리는 주로 일상생활 중에 문제의식을 갖게 됩니다. 일상에서 출발한 문제의식은 자신의 삶과 밀착돼 있기 때문에 답을 찾으려는 절실함도 크고 고민의 농도도 짙습니다. 그러나 한계도 있습니다. 우리의 일상은 늘 비슷한 모습으로 굴러가기 때문에 매번 새로운 문제의식을 갖기 어렵습니다. 또 산다는 것은 대체로 시시한 일의 연속이어서 고차원적인 질문을 생각해내기가 쉽지 않습니다. 생각의 폭과 깊이를 더하기 위해서는 질문의 수준이 올라가야 합니다.

이를 위해 독서만큼 효과적인 방법은 없습니다. 책은 한 분야의 전문가가 오랜 기간 쌓아온 지식과 경험을 짧게는 수 개월에서 길게는 수십 년간 정리하여 정제된 언어로 써낸 글입니다. 즉 그 분야에 대해 오래 고민해온 사람의 생각의 정수가 담긴 글입니다. 문학 작품도 마찬가지입니다. 오랫동안 문장을 단련해온 사람이 자신의 문학적 상상력을 응축해 한 권의 시와 소설과 수필로 펴냅니다. 물론 지금은 누구나 책을 낼 수 있는 시대여서 수준에 달하지 못하는 책들도 있습니다만, 양서를 전제로 하면 그렇습니다. 따라서 어떤 주제든 깊게 꿰뚫

수 있는 생각의 힘을 기르고 싶다면 다양한 책을 두루 읽기 바랍니다. 그러면 여러분이 던지는 질문의 수준도 자연스럽게 높아집니다.

그러나 아무리 질문의 수준이 올라가도 읽기만 해서는 글을 잘 쓰기는 어렵습니다. 글쓰기 실력을 높이고 싶다면 반드시 쓰기를 병행해야 합니다. 다행히 이 두 가지를 한 번에 훈련하는 방법이 있습니다. 바로 '요약하기'입니다.

쓰기로 이어지는 독서법

며칠 동안 읽은 책 내용을 이야기하려는데 갑자기 말문이 턱 막혀 "암튼 그냥 한번 봐봐, 엄청 좋아"라며 어물쩍 넘긴 경험이 한 번쯤은 있을 겁니다. 강독 수업을 할 때 수강생들이 가장 어려워하는 것도 '줄거리 말하기'였습니다. 사실 책뿐만 아니라 당장 어제 본 드라마도 줄거리를 요약하려면 진땀깨나 쏟아야 합니다. 몇몇 장면들만 단발적으로 떠오르고 정작 핵심 사건이 무엇이었는지는 잘 기억나지 않기 때문입니다. 이렇게 바로 어제 본 책이나 영상도 설명하기 어려운 이유는 우리가 정보를 수동적으로 받아들이기 때문입니다.

특히 영상은 연속성이라는 특성 때문에 정보를 더욱 수동적으로 받아들이게 됩니다. 어떤 문제의식이 떠올랐다고 해도 곧바로 다음 영상이 이어져 나와 생각을 숙성시킬 틈이 없기 때문입니다. 그저 흘러나오는 영상을 보는 수밖에 없습니다. 이렇게 아무런 지적 활동 없이 정보를 무비판적으로 받아들이기만 하면, 머릿속에 남는 것이 거의 없습니다. 누구는 좋고, 누구는 싫고 식의 단편적인 감정과 몇몇 잔상만 남을 뿐입니다.

이에 비하면 독서는 훨씬 능동적인 활동입니다. 행간의 의미를 이해하기 위해 끝없이 생각해야 하고 문제의식이 생기면 잠시 읽기를 멈추고 고민해볼 수도 있습니다. 그런데도 책의 줄거리를 말하는 것은 여전히 어렵습니다. 전체 내용을 구조화하며 읽지 않기 때문입니다. 서평 쓰기가 어려운 이유도 여기에 있습니다. 구조화 독서란, 글의 전체 맥락 속에서 장章별 핵심 내용을 파악해 읽는 것을 말합니다. 많은 지적 에너지가 필요하지만 읽기가 쓰기로 이어지는 가장 확실한 독서법입니다. 그리고 '요약하기'는 이 구조화 독서를 훈련하는 가장 효과적인 방법입니다.

요약하기가 어려운 이유는 글의 핵심 주제를 파악하지 못했기 때문입니다. 그런데 핵심 주제를 찾는 것은 전혀 어려운 일이 아닙니다. 이 질문만 던져보면 됩니다. "작가는 무슨 이야기를 하려고 이 책을 썼는가?"

여기서 막간을 이용한 퀴즈를 드리겠습니다. 여러분이 보고 있는 이 책의 핵심 주제는 무엇일까요?

.

.

.

정답은 '쉽게 쓰는 법'입니다. 이는 우리 책의 목차만 살펴봐도 바로 확인할 수 있습니다. 눈치가 빠른 분들은 이미 알아차렸겠지만, 핵심 주제를 파악하는 가장 큰 힌트는 목차에 있습니다. 각 장의 핵심 내용을 뽑아놓은 목록이 바로 목차이기 때문입니다. 서점에서 어떤 책을 사야 할지 고민이 될 때도 목차를 살펴보기 바랍니다. 그 안에 작가가 하려는 이야기가 압

축적으로 담겨 있습니다.

그런데 막상 책상에 앉아 책 내용을 요약하려고 하면 또다시 머릿속이 하얘지는 분이 많을 겁니다. 책을 다 읽고 난 후에 요약하려고 해서 그렇습니다. 요약을 하기 위해서는 책을 읽기 전부터 준비가 필요합니다. 앞서 말씀드렸듯, 구조화 독서는 많은 지적 에너지가 필요한 활동입니다. 편하게 앉아 페이지를 넘기기만 해서는 결코 각 장章의 핵심 내용을 다 기억할 수 없습니다. 아이들이 방금 읽은 책 내용이 하나도 기억이 안 난다고 하는 것도 실은 자연스러운 일입니다. 그저 읽기만 해서는 머릿속에 남는 것이 없기 때문입니다.

읽기가 쓰기로 이어지려면 사전 준비를 해야 합니다. 펜이나 포스트잇을 준비해서 책을 읽는 동안 마음에 와닿은 문장과 핵심 내용에 줄을 긋거나 포스트잇을 붙이기 바랍니다. 간혹 어떤 내용이 핵심 내용인지 모르겠다고 하는 분도 있는데, 보통 작가가 여러 번 반복해서 말하는 내용이 그 장章의 핵심 내용입니다. 또 읽으면서 여러분이 중요하다고 해석한 내용 역시 핵심 내용입니다. 특히 서평에서는 여러분의 해석이 중요합니다. 맞는지 틀리는지 고민하지 말고 중요하다고 생각되는 곳에 자신 있게 줄을 긋기 바랍니다.

단, 너무 많은 문장에 줄을 그어서는 안 됩니다. 모든 내용이 중요하다는 것은 결국 특별히 중요한 내용이 없다는 것을 의미합니다. 특별히 중요한 내용이 있어야 책을 요약하고 서평을 쓸 수 있습니다.

✉ 밀도에 따른 요약법

요약하는 방식은 내용의 밀도에 따라 달라집니다. 소설처럼 플롯이 있는 책이라면 전체 내용을 한 번에 요약하는 것이 좋고, 사회과학 책이라면 장章을 적절하게 묶어 요약하는 것이 더 효과적입니다. 만일 어려운 철학 개념이나 과학 이론처럼 밀도가 높은 책이라면 장章별로 읽고 요약하는 것이 내용을 정확하게 이해하는 데 도움이 됩니다.

요약을 할 때는 먼저 핵심 주제를 짚은 후에 책에서 중요하게 다루는 내용을 일목요연하게 설명합니다. 이때 문장을 그대로 옮겨 적는 대신 "이 단원에서 저자는 어떠어떠한 이야기를 하고 있다"라고 자기 언어로 다시 말하는 것이 좋습니다. 자신의 문장으로 써야 자신의 글이 되기 때문입니다. 또 중요한 개념이나 이론이 소개되어 있다면 요약할 때 간단하게 그 의미를 짚어주기 바랍니다.

요약문의 분량은 한 장을 넘기지 않는 것이 좋습니다. 한 장으로 요약할 수 없다면 책 내용을 제대로 파악하지 못한 것이니 조금 괴로워도 책을 빠르게 한 번 더 읽기 바랍니다. 또 내용의 밀도가 높아 장章별로 요약한 경우에는 각 요약문의 흐름을 관통하는 전체 요약문을 한 장 분량으로 작성하면 됩니다.

이렇게 책을 읽을 때마다 요약하는 습관을 들이면 책의 내용을 정확하게 이해할 수 있을 뿐만 아니라 전문 지식을 바탕으로 한, 높은 수준의 글을 쓸 수 있습니다. 또 분량에 맞춰 글을 쓰는 연습도 됩니다. 매체에 따라 글의 분량을 적절하게 조절하는 능력은 작가라면 반드시 갖춰야 할 필수 역량입니다. 여러분이 나중에 강의안을 쓰고 책을 쓸 때 이 능력이 유용하게 활용될 겁니다.

서평은 요약하기에서 한 단계 더 나아간 글쓰기입니다. 그러나 쓰는 방법이 어렵지는 않습니다. 이미 써둔 요약문에 감동적인 구절이나 저자와 의견을 달리하는 부분을 추가로 덧붙여주면 됩니다. 단, 왜 이 문장이 마음에 와닿는지, 왜 이 견해에는 동의할 수 없는지에 대해 설명할 수 있어야 합니다. 이 동일성과 차이점이 책에 대한 여러분만의 관점을 만들어주기 때문입니다. 특히 차이점을 설득력 있게 쓸수록 매력적인 서평이 됩니다.

여기까지만 써도 충분히 완성도 있는 서평이지만, 한 단계 더 나아가는 방법도 있습니다. 바로 책의 주제를 자신의 경험과 연결 짓는 글쓰기입니다. 책에서 말한 내용이 실제 내 삶에는 어떤 방식으로 작용했고, 그때 나는 어떻게 반응했으며, 그로 인해 어떤 결과를 얻었는지, 책의 내용을 여러분의 삶에 대입해 써보는 겁니다. 이때부터 글은 단순한 서평을 넘어 책을 소재로 한 나의 이야기로 발전합니다. 누군가의 생각의 정수가 온전히 여러분의 글로 다시 태어나는 겁니다. 여러분의 세계를 확장하는 글쓰기라고 할 수 있습니다.

그러나 모든 책을 이런 식으로 읽고 쓴다면 부담스러워서 독서 자체를 안 하게 될지도 모릅니다. 저도 '바쁘다 바빠' 현대인이다 보니 모든 책을 이렇게 읽지는 않습니다. 또 읽은 책을 전부 서평으로 기록하지도 않습니다. 그러나 책을 읽으면 반드시 하는 일이 있습니다. 바로 아카이브입니다. 책을 읽으며 표시해둔 주요 문장을 원문 그대로 발췌하여 컴퓨터 파일로 저장하는 작업을 말합니다. 이렇게 아카이브를 해두면 단순히 읽기만 하는 것보다 책의 핵심 내용과 주요 개념을 훨씬 분명하게 기억할 수 있습니다. 무엇보다 아카이브의 진가는 나중에 글을 쓸 때 발휘됩니다.

저는 글을 쓸 때마다 '이 내용과 비슷한 얘기를 하는 책이 어디 있었는데?' 하며 책꽂이가 아닌 구글 드라이브를 뒤집니다. 그 안에 원문 발췌 형식으로 아카이브해놓은 책이 수백 개의 파일로 저장돼 있기 때문입니다. 그렇게 1분이면 앉은자리에서 핵심 문장이 선별된 책 한 권의 요약본을 얻을 수 있습니다. 특히 급하게 글을 써야 할 때면 아카이브에 크게 빚을 지곤 합니다. 여러분도 이렇게 나만의 글쓰기 곳간을 하나 마련해놓으면 책도 깊게 이해할 수도 있고, 글쓰기 자료로도 두고 두고 활용할 수 있습니다. 요약할 시간이 없다면 최후의 수단으로 아카이브만큼은 꼭 해두기 바랍니다.

죽은 문장으로도 독자를 매료하는 방법이 있습니다

"문예창작학과에서는 글 쓰는 기술을 가르치는데, 그래서인지 최근 작가들은 서사와 세계관이 모자라 작품에 철학이 빠져 있다." "오늘날 한국 문학이 이 꼴이 된 것은 문예창작학과 때문이다." 문학계 원로인 황석영 작가가 한 말입니다.[13] 꽤나 날 선 비판인지라 문예창작학과 관계자들로부터 온갖 서운한 말들이 쏟아졌습니다만, 정작 기사에 달린 사람들의 반응은 달랐습니다. "정말 요즘 문학은 서사도 없고, 철학도 없다." "도스토옙스키나 셰익스피어가 문예창작학과를 나와서 잘 쓴 게 아닐 것이다." "요즘엔 문학은 없고 문예만 있다!" 황석영 작가의 말에 공감하는 의견 일색이었습니다. 우리

도 글을 쓰는 사람으로서 사람들의 이 쓰라린 조언을 귀담아
들을 필요가 있습니다.

초보 작가의 이야기가
거장의 작품보다 더 잘 팔리는 이유는?

다들 한강 작가의 대표작, 『채식주의자』에 대해 들어봤을
겁니다. 한국 문학사상 최초로 맨부커상을 받은 작품으로 수
상 당시 엄청난 화제를 불러 모았습니다. 그래서 얼마 전 도서
관 강의를 할 때 『채식주의자』를 읽어보신 분은 한번 손을 들
어봐 달라고 했습니다. 아마 한두 분 정도는 부끄러워서 안 들
었을 거라고 생각하지만, 그래도 스무 명이나 되는 인원 중 손
을 든 분이 한 명도 없다는 것은 조금 충격이었습니다. 평균보
다 더 글을 좋아하는 분들이 모인 자린데도 지금 우리 문학계
에서 가장 문장을 잘 쓰고, 가장 상상력이 뛰어난 작가의 대표
작을 읽어본 사람이 (거의) 없었던 겁니다.

그러나 에세이 이야기를 할 때는 달랐습니다. 최근에 출판
한 책인데도 읽어본 사람이 몇 분 계셨고, 제목 정도는 다들

안다는 듯 고개를 끄덕끄덕했습니다. 문장이 쉽고 자신의 일상과 닿아 있는 내용이라 공감된다고 했습니다. 이런 성향은 대형 서점의 베스트셀러 목록을 살펴보면 더욱 분명해집니다.

2022년은 국내외 쟁쟁한 자기계발서뿐만 아니라 우리나라 대표 소설가들의 작품이 동시에 출간되어 볼거리가 풍성한 해였습니다. 그런데 교보문고의 전체 베스트셀러는 김영하 작가의 『작별인사』도 아니고, 김훈 작가의 『하얼빈』도 아닌, 김호연 작가의 『불편한 편의점』이었습니다. 김호연 작가는 문예창작학과나 신춘문예와는 거리가 먼 분입니다. 영화사에서 시나리오를 쓰다가 출판사로 건너가 편집자 일을 하던 중 내친김에 직접 소설을 쓰게 됐다고 합니다. 그렇게 주로 일상을 소재로 한친근하고 따뜻한 이야기를 써오다가 2022년에 『불편한 편의점』으로 무려 100만 명이 넘는 독자의 호응을 받은 겁니다.

그런데 앞선 해에는 더 놀라운 작품이 전체 분야 베스트셀러가 됐습니다. 바로 이미예 작가가 쓴 『달러구트 꿈 백화점』이라는 소설입니다. 이미예 작가야말로 전공부터 직업까지, 글쓰기와는 거의 관련이 없는 이력을 쌓아온 분입니다. 대학에서는 재료공학을 공부했고, 졸업 후에는 대기업의 반도체 엔지니어로 일했습니다. 글을 쓰고 싶어서 회사를 그만뒀으나,

쓰고 나니 출판을 해주겠다는 곳이 없어서 독립출판과 크라우드 펀딩으로 독자를 모집했다고 합니다.

그렇게 문장이라고는 배워본 적도 없는 신예 작가의 난생 처음 판타지 소설이 2021년 전체 분야 베스트셀러에 등극한 겁니다. 2021년이면 아직 주식 투자 광풍의 열기가 식지 않아 서점가가 온통 경제경영 서적으로 점령돼 있던 때입니다. 그런 시기에도 사람들은 돈 되는 책이 아닌, 그렇다고 거장의 문장도 아닌, 무명의 신인 작가의 환상 소설을 선택했습니다.

이 사례들이 말해주는 바는 분명합니다. 바로 사람들은 거장의 유려한 문장보다, 또 부자들의 돈 되는 정보보다, 매력적인 이야기를 더 원한다는 사실입니다. 독자들은 난해하게 아름다운 예술가의 문장보다 투박하지만 정답게 와닿는 일상의 언어에 더 매료됩니다. 따라서 읽히는 글을 쓰고 싶다면 매력적인 문장이 아니라 매력적인 이야기에 집중하기 바랍니다. 투박하고 거친 문장일지라도 사람들은 기꺼이 사로잡힐 준비가 돼 있습니다.

매력적인 이야기로 문학사상 가장 큰 발자취를 남긴 작가는 단연 도스토옙스키일 겁니다. '지금껏 멋진 문장 없어도 독자들을 매료시킬 수 있다고 해놓고 이제 와 인류 대문호를 예로 들다니…' 어쩐지 배신감이 느껴질 것도 같습니다. 그러나 도스토옙스키는 당대에 문장으로 칭송받던 작가가 아니었습니다. 오히려 투박하고 정제되지 않은 문장 때문에 동시대 거장인 톨스토이나 투르게네프와 늘 비교당해야 했습니다. 특히 『롤리타』를 쓴 나보코프는 도스토옙스키를 적나라하게 비판한 것으로 유명합니다. "톨스토이를 부드러운 예술가의 손놀림에 비교한다면 이것(도스토옙스키의 글)들은 한낱 클럽에서의 주먹질에 불과하겠으나…"[14] 러시아 제국의 마지막 귀족 계급인 나보코프의 눈엔 도스토옙스키의 소설이 문장은 거칠고 내용은 자극적이기만 한, 생계형 잡글처럼 보였나 봅니다.

실제로 도스토옙스키는 잡계급 출신이고 생계를 위해 글을 썼으니 이런 평이 딱히 모욕적일 것은 없습니다. 단어 개수로 고료를 산정하는 악덕 출판업자에게서 한 푼이라도 더 받기 위해 어떻게든 말을 늘여 썼고, 늘 생활에 치이다 보니 행갈이나 문단 나누기 같은 기본 문법도 살피지 못한 채 허둥지둥 원고를 넘기기 일쑤였습니다. 그래서 그의 문장은 군더더기가 많고 문단은 끔찍하게 깁니다. 그런데도 당시 대중들은 도스토옙스키의 소설에 열광했습니다. 단순히 자극적인 소재 때문만은 아닙니다. 자극적인 콘텐츠로 받는 사랑이라는 것은 참으로 보잘것없어서 한 철만 지나도 잊히게 마련입니다. 그러나 도스토옙스키의 작품은 150년이 지난 지금까지도 전 세계 사람들의 사랑을 받고 있습니다. 사실 자극적이기로 치면 나보코프의 『롤리타』를 따라갈 작품은 없을 겁니다.

독자들이 열광했던 것은 도스토옙스키의 거칠고 투박한 문장 안에 담긴 생생한 삶의 진실이었습니다. 지금껏 어떤 작가도 이토록 괴팍하고 열정적이며 애처로운, 보통 사람의 삶을 애정 어린 시선으로 진지하게 다룬 적이 없던 겁니다. 말년에 톨스토이가 민중의 삶을 이야기하긴 했지만, 그 역시 진실에 부합하는 모습은 아니었습니다. '성스러운 민중'이라는 것은 지식인의 이상理想에 존재하는 하나의 개념에 불과하기 때문입니다.

가난하든 부유하든, 사람들은 선과 악의 측면을 동시에 지닌 채 대체로 복잡하게 나쁜 모습으로 살아갑니다. 거기에는 성스러울 것도, 추악할 것도 없습니다. 그저 먹고 마시고 다투고 사랑하며 나름의 방식으로 삶의 무게를 버틸 뿐입니다. 바로 이런 삶의 진실을 솔직하게 이야기해준 작가가 도스토옙스키였습니다. 사람들은 『죄와 벌』이나 『카라마조프가의 형제들』에서 저 멀리 우아하게 사는 누군가의 이야기가 아닌, 지금 여기서 살아 숨 쉬는 내 삶의 이야기를 본 것입니다.

지금은 누구도 도스토옙스키가 톨스토이와 어깨를 견주는 대문호라는 사실을 의심하지 않습니다. 그러나 누구도 나보코프를 가리켜 대문호라고 하지 않습니다. 투르게네프는 누군지도 모릅니다. 당대에는 투르게네프를 도스토옙스키보다 훌륭한 문체를 가진 거장으로 여겼으나 이제는 러시아인들과 러시아 문학을 전공한 소수의 외국인 외에는 그를 아는 사람이 거의 없습니다. 도스토옙스키조차 이런 미래를 상상하지 못했을 겁니다. 이런 차이를 만든 것은 바로 도스토옙스키의 바닥까지 파고들어 간 '솔직함'입니다. 모든 매력적인 이야기의 핵심이 바로 여기에 있습니다.

집안에 작가가 한 명 나오면 그 집안은 망한 것이나 다름 없다는 말이 있습니다. 유산을 향한 아귀다툼, 명예롭지 못한 죽음, 출생의 비밀 등 어느 집안에나 하나씩 있기 마련인 가족의 치부를, 우리 집 작가가 글감으로 요긴하게 써먹을 것이기 때문입니다.

얼마 전에 스티븐 스필버그의 자전적 이야기를 담은 영화 〈파벨만스〉를 보게 됐습니다. 영화에는 감독의 삶에 큰 영향을 미친, 유년 시절의 내밀한 이야기가 담겨 있었습니다. 아마도 감독은 이 진실을 말할 수 있기까지 양친이 모두 돌아가시고 자신도 일흔을 훌쩍 넘긴 나이가 되도록 기다렸을 겁니다. 그 진실은 바로 어머니의 불륜이기 때문입니다.

그러나 만일 그가 작가였다면, 사건은 즉시 소설로 만들어져 그 이듬해에는 출간을 앞두고 있었을 겁니다. 그는 출간 기념회에서 열심히 책에 사인을 해주며 이것은 결코 실제로 일어난 일이 아니라 그저 가공된 이야기일 뿐이라고 말했을 겁니다. 자신의 삶에서 이토록 큰 감정의 격랑을 일으킨 사건에 대해 작가는 그렇게까지 오랫동안 입을 다물 수 없기 때문입니다.

　도스토옙스키도 마찬가지였습니다. 남자를 파멸로 이끄는 팜므파탈의 여인, 입만 살아서 나불거리는 무능한 남자, 지독하게 인색한 아버지, 그 아버지를 죽이려는 아들, 폐병 걸린 어머니, 간질 환자, 창녀, 살인자, 그리고 각종 중독자들. 그의 소설에 빠지지 않고 등장하는 이 인물 군상은 그의 삶에 실제 있었던 사람들을 모델로 합니다. 도스토옙스키의 아버지는 지독한 인색함과 엄격함으로 하인에게 살해당하는 비운을 겪었고, 자존심 강한 그의 첫 아내는 폐병으로 오랜 시간 투병한 끝에 사망했으며, 그 시기에 만난 젊은 내연녀는 그의 삶을 천국이자 지옥으로 만드는 팜므파탈이었습니다. 그리고 작가 자신이 바로 도박 중독, 알코올 중독, 간질 환자에 입만 살아서 나불대는 무능한 남자였습니다.

　도스토옙스키는 아무것도 감추지 않았습니다. 자신의 초라하고 열등감 가득한 내면세계를 때론 초인 사상에 빠진 병든 지식인의 모습으로, 때론 연적인 아버지를 살해하려는 패륜 아들의 모습으로 적나라하게 그렸습니다. 정신이 아득해지는 솔직함입니다. 그러나 그의 솔직함이 그저 인간의 병적인 욕망을 묘사하는 것에만 그쳤다면 이렇게 오랜 세월 독자를 사로잡지는 못했을 겁니다. 그는 어떤 순간에도 인물의 비뚤어진 욕망과 잘못된 선택을 '그럴 수도 있지'라며 합리화하지 않습니다. 인물에게 합당한 벌을 내리고 그보다 더 무서운 내면의 고통에 시달리게 합니다. 바로 이 점이 도스토옙스키는 위대한 대문호가 된 반면 나보코프는 그저 뛰어난 작가로 남은 이유입니다.

참고로 지금 판형을 기준으로 했을 때 『죄와 벌』은 1,100페이지 분량의 소설이고, 『카라마조프가의 형제들』은 무려 1,700페이지에 달하는 방대한 이야깁니다. 도스토옙스키의 소설 대부분이 이런 식입니다. 그러나 그 안에 담긴 생각이 매력적이라면, 독자들은 이쯤 개의치 않습니다. 차마 내 입으로는 꺼내지 못하는 비뚤어진 열정과 욕망과 분노에 대해 누군가 대신 이야기를 해줄 때, 우리는 강렬한 쾌감을 느낍니다. 그런 이야기라면 거칠고 투박한 문체로 1,000페이지가 넘게 늘어놓아도 독자들은 언제든 여러분의 글에 사로잡힐 준비가 돼 있습니다. 그러나 우리는 도스토옙스키가 아니므로 가능하면 짧게 쓸 것을 (강력하게) 권합니다.

솔직함은 모든 매력적인 이야기의 핵심이지만, 작가의 솔직함이 오히려 불편함을 불러일으키는 경우도 있습니다. 그 이유는 솔직한 글이 아니라 무례한 글이라서 그렇습니다. 주변의 누군가를 미워하는 마음을 공개적으로 말하는 것은 솔직함이 아니라 무례함입니다. 자신에게 상처 준 사람들에 대한 일방적 폭로와 복수심을 담은 데스노트나 다름없는 글에서 사람들은 어떤 위안도 얻지 못합니다.

사랑하는 감정이라고 다르지 않습니다. 받아들여지지 않은 마음을 공개적으로 쓰는 것은 제 감정에 취해 저지르는 폭력이나 다름없습니다. 그 사람이 오늘은 어떤 옷을 입었고, 어떤 냄새가 났고, 누구와 무슨 이야기를 나눴는지에 대해 썼다면, 이 글은 무례함을 넘어 위협적이기까지 합니다. 사랑이든 미움이든, 타인에 대한 이해와 배려 없이 자신의 감정에만 몰두하여 쓰는 글은 솔직함을 가장한 폭력입니다.

몇 년 전 솔직한 자기 고백 글로 혜성처럼 등단한 젊은 소설가가 얼마 지나지 않아 문단과 독자로부터 철저하게 외면당하는 일이 있었습니다. 상처받은 자신의 감정에만 집중한 나머지 주변 사람을 곤란하게 하는 내용을 소설에 여과 없이 담아 냈기 때문입니다. 솔직함과 무례함을 구분하지 못한 글은 상대에게 깊은 상처를 입힐 뿐만 아니라 작가 자신에게도 돌이킬 수 없는 오점을 남깁니다. 글쓰기는 읽는 사람보다 쓰는 사람에게 더 큰 영향을 미치는 행위입니다. 솔직함을 가장한 무례함은 결국 쓴 사람을 더 다치게 한다는 사실을 항상 기억하기 바랍니다.

✉ 독자를 매료하는 솔직함이란?

그렇다면 독자를 매료하는 솔직함이란 어떤 것일까요? 바로 작가 자신을 대상으로 하는 솔직함을 말합니다. 다른 누구도 아닌 자기 자신의 지질함, 열등감, 허세, 은밀한 욕망을 솔직하게 드러내고 괴로워할 때 독자들은 매료됩니다. 나 혼자 이렇게 사는 게 아니라는 사실에, 다들 자신의 유약한 면을 견디며 살아간다는 사실에 안도하고 위안을 얻기 때문입니다.

그러나 글의 결론을 꼭 자신의 약한 내면을 반성하고 극복하겠다는 식으로 마무리 지을 필요는 없습니다. 그런 결론은 오히려 글의 매력을 반감합니다. 그저 자신의 유약한 면을 알아차리고 그런 나를 받아들이는 것만으로 충분합니다. 겉으로는 자신감 넘치고 철저하게 자기 관리하는 사람처럼 보이지만 실제로는 겁도 많고 옹졸하다는 사실을, 반짝이는 겉모습은 대체로 허세라는 사실을, 내심은 미움받는 것이 죽기보다 싫은 외롭고 유약한 인간일 뿐이라는 사실을 스스로 알아차리고 고백하는 것에서 독자들은 공감하고 매료되는 겁니다.

현대 미국인들의 사랑을 한 몸에 받는 작가, 앤 라모트는 자신의 책 『쓰기의 감각』에서 홀로 육아하던 시기를 회상하며 이렇게 고백합니다. "아기의 발목을 잡고 힘껏 던져버리고 싶을 때가 있었다."[15] 독자들을 매료하는 솔직함이란 바로 이런 겁니다. 나의 두 번째 심장이나 다름없는 소중한 아기지만, 엄마들은 때론 이런 감정에 사로잡히곤 합니다. 아이를 키우는 것은 일상을 통째로 바쳐야 할 만큼 벅찬 일이기 때문입니다.

그러나 대부분의 책은 이 '던져버리고 싶은 마음'에 대해서는 쉬쉬하고 늘 '두 번째 심장이나 다름없는 소중한 마음'만을 이야기합니다. 반쪽짜리 진실입니다. 그럴 때 앤 라모트의 솔직한 고백이 지친 엄마들에게 큰 위안과 안도감을 줍니다. 자신이 잘못되지 않았다는 것을 깨달은 엄마들은 다시 '대체로 사랑스럽지만 간혹 던져버리고 싶은 아이'를 돌볼 힘을 얻습니다. 이렇게 삶의 양면을 온전하게 보여주는 글이 독자를 위로하고 매료하는, 솔직한 글입니다.

✉   **거장들을 유혹한 치명적인 글쓰기 소재는?**

발설할 수 없는 마음속 욕망 중 역사상 가장 많은 독자를 사로잡은 소재는 두말할 것 없이 불륜입니다. 플로베르의 『보바리 부인』부터 톨스토이의 『안나 카레니나』, 그리고 2022년 노벨문학상 수상자 아니 에르노의 『단순한 열정』까지, 모두 불륜을 소재로 한 작품입니다. 글은 아니지만 세계적인 호평을 받은 박찬욱 감독의 최근작, 〈헤어질 결심〉 역시 불륜을 소재로 한 이야깁니다. 그러고 보니 앞에서 말한 스티븐 스필버그의 〈파벨만스〉 역시 불륜을 소재로 하고 있습니다. 이쯤 되니 '불륜 얘기를 해야 거장의 반열에 드는 것인가' 하는 생각마저 듭니다.

현실에서 불륜은, 사돈의 팔촌의 일이어도 마치 내 일처럼 비분강개하게 만드는 사건이지만 소설에서는 다릅니다. 사람들은 안나 카레니나를 부도덕하다고 비난하는 대신, 사랑하지 않은 사람과 결혼해 결국 이런 선택을 할 수밖에 없던 그녀의 처지를 이해하고 연민합니다. 『단순한 열정』을 읽을 때는 인물과 은밀한 공감대를 형성하며 이토록 섬세한 필치로 인간의 욕망을 그려내는 작가의 관찰력과 표현 방식에 감탄합니다.

이렇게 불륜을 소재로 한 이야기들이 동시대를 넘어 문학사에 길이 남을 대작으로 인정받는 현상은 한 가지 진실을 함의합니다. 바로 이 지탄받아 마땅한 욕망이, 시대와 문화를 뛰어넘어 많은 사람의 공감을 사는 보통의 욕망이라는 사실입니다. 물론 세 작가 중 누구도 이 욕망을 합리화하거나 두둔하지 않습니다. 그저 어쩌지도 못하는 사이 생겨버린 감정과 선택의 결과를 바닥까지 내려가 보여줄 뿐입니다. 잘못된 선택이 가져다준 찰나의 쾌락과 영원의 고통을 세밀하게 묘사해 보일 뿐입니다. 이런 솔직한 욕망의 표현에서 독자들은 내가 가지 않은 삶의 시작과 끝을 봅니다. 남모를 짜릿함과 분노를 동시에 느끼며 독자들은 시시하지만 안전한 자신의 일상에 안도하게 되는 겁니다.

그러니 독자를 매료하는 글을 쓰고 싶다면 바닥까지 내려가 솔직하게 쓰기 바랍니다. 차마 인정하고 싶지 않았던 자신의 유약함에 대해, 혹은 비난받을까 봐 말하지 못했던 은밀한 감정들을 솔직하게 이야기해보기 바랍니다.

다른 사람의 반응은 너무 걱정하지 않아도 됩니다. 실은 우리가 고백하는 은밀한 욕망이라고 해봤자 남들이 보기에는 대단치 않은 경우가 대부분이기 때문입니다. 부장에게 한소리 듣고 저주 인형을 만들어 인형 머리를 잘랐다든가, 누가 외제차를 샀다는 얘기에 똑똑한 사람은 마티즈를 타고 다닌다고 마음에도 없는 소리를 늘어놓았다든가, 아니면 헤어진 연인이 차단한 SNS 계정에 들어가려고 밤새 인터넷과 씨름한 지질한 모습이 다일 겁니다. 그러나 독자들은 이런 시시한 솔직함에서 자신의 모습을 발견하고 큰 위로를 받습니다. 그렇게 다시 각자의 시시한 일상으로 돌아갈 힘을 얻게 됩니다. 그러니 안심하고 나의 은밀하지만 시시한 욕망을 고백해보기 바랍니다.

하지만 만일 여러분의 목표가 고작 몇몇 사람에게 위로를 건네는 것이 아니라 인류 문학사에 한 획을 긋는 거목이 되는 것이라면, 시시한 욕망으로는 안 됩니다. 자신의 자전적 이야기임을 밝히며 『단순한 열정』을 출간한 아니 에르노 정도의 솔직함과 대담함이 필요합니다. 그러나 우리의 내면은 유약하고, 사는 곳은 동방예의지국이며, 무엇보다 아니 에르노 정도의 필력을 갖추지 못하였으므로 이 정도까지의 솔직함은 권하지 않습니다. 일단 주변의 몇몇 사람을 위로하는 정도의 솔직함부터 시작해보기 바랍니다.

악마는 디테일에 있지만, 디테일이 악마라면 곤란합니다

글쓰기를 배우고 싶어 하는 분들은 크게 두 부류로 나뉩니다. 바로 쓸 말이 없어서 곤욕을 치르는 분들과 장황한 글로 되레 읽는 사람을 곤란하게 만드는 분들입니다. 둘 중 누가 더 낫냐고 묻는다면 언제나 그렇듯 뭐라도 쓰는 것이 낫습니다. 장황하게라도 쓰는 것이 아예 안 쓰는 것보다는 백번 낫습니다만, 한마디를 하기 위해 열 마디의 사설이 필요한 글이라면 독자는 바라지 않는 게 좋습니다. 장황한 글은 필연적으로 지루합니다. 영상의 시대에 지루한 글을 쓰면서 독자까지 바란다는 것은 조금은 염치가 없는 일입니다.

문제는 정작 쓰는 사람은 자신의 글이 장황하다는 것을

모른다는 겁니다. 여기에 장황함의 비극이 있습니다. 만일 여러분이 열심히 글을 올리는데도 사람들의 반응이 없다면, 혹시 내 글이 장황한 것은 아닌가를 먼저 의심해봐야 합니다. 하지만 의심만 해서는 장황하게 쓰는 습관이 고쳐지지 않습니다. 그래서 이번 편에서는 군더더기 없이 날씬한 글을 쓰는 방법에 대해 말씀드리고자 합니다.

✉ 너무 긴 글은 심리적으로 장황해 보입니다

요즘은 사실보다 어떻게 느끼는가, 즉 심리적 진실이 더 중요한 시대입니다. 글이라고 이런 경향을 피할 수 있는 것은 아닙니다. 너무 긴 글은 독자에게 심리적 장황함을 느끼게 합니다. 어느 정도 분량이 '너무 긴' 것인지는 글을 게재하는 플랫폼의 성격에 따라 다릅니다. 한 글자의 군더더기도 없이 잘 짜인 글이라고 해도 블로그에 10페이지가 넘는 분량의 글을 올린다면, 이 글은 심리적으로 너무 긴 글입니다. 독자들은 몇 번 스크롤을 내려보다가 너무 장황하다면서 미련 없이 떠나갈 것입니다.

정말 알차고 좋은 내용을 담느라 글이 길어졌다면 억울할 수도 있겠지만, 글은 내용만큼이나 형식이 중요합니다. 매체에 맞지 않는 형식이라면 아무리 좋은 내용을 담았더라도 외면당하기 쉽습니다. 독자의 기대를 저버렸기 때문입니다. 특히 SNS 글은 주로 모바일로 보기 때문에 사람들은 가볍게 쓱 볼 수 있는 분량을 기대합니다. 자칭 블로그 전문가라는 사람들이 '1,500자 넘지 않기'를 첫 번째 원칙으로 말하는 것도 이런 이유에서입니다. 그럼에도 불구하고 장문의 글을 쓰고 말았다면, 해결책이 없는 것은 아닙니다. 장章을 나눈다고 생각하고 글을 적절한 길이로 잘라 여러 개의 글로 나누어 올리면 됩니다. 그러나 심리적으로만 장황한 게 아니라 내용 자체가 장황한 글이라면 근본적인 해결책이 필요합니다.

일례로 도스토옙스키는 썼다 하면 1,000페이지가 넘어가지만 어떤 평론가도 그의 글을 장황하다고 말하지 않습니다. 오히려 '섬세하고 치밀한 인간 심리의 대서사시'라고 극찬합니다. 도스토옙스키를 박하게 평했던 나보코프조차 그의 글이 장황하다고 비판한 적은 없습니다. 그런데 어떤 사람은 한 장도 안 되는 분량을 써도 길다고 느낍니다. 왜 어떤 글은 1,000장이 넘어도 섬세하다고 느끼는데, 어떤 글은 한 장만 읽어도 지루함에 몸부림을 치게 되는 걸까요? 바로 내용이 장황하기 때문입니다.

주제넘으면 장황해집니다

우리는 '뭔가'에 대해 이야기를 해봐야겠다는 생각이 들 때 글을 씁니다. 바로 이 '뭔가'가 여러분의 글을 관통하는 핵심 주제입니다. 그런데 '뭔가'에 대해 쓰겠다고 해놓고 자꾸 '다른 뭔가'를 덧붙이면 이때부터 글은 장황해집니다. 예를 들어 '설거지하는 법'에 대해 글을 쓰고 싶다면 설거지를 효율적으로 하는 법, 설거지할 때 물을 아끼는 법, 뽀득뽀득 소리가 나도록 그릇을 닦는 법 등 설거지를 하는 방법에 대해서만 써야 합니다. 그런데 오늘은 왜 설거지 거리가 많이 나온 건지, 저녁에는 뭘 먹은 건지, 대체 우리 애는 그 맛있는 걸 해줘도 왜 안 먹는 것인지까지 줄줄이 쓴다면 이 글은 장황함을 넘어 일종의 넋두리라고 할 수 있습니다.

라디오 작가를 할 때 저를 가장 곤란하게 만드는 패널도 글을 장황하게 쓰는 분들이었습니다. 법률 방송처럼 전문적인 내용을 다루는 프로그램은 패널들에게 방송에서 할 이야기를 미리 써서 달라고 하는 게 좋습니다. 법률 정보는 틀리면 안 되기 때문이기도 하지만 법조인들이 하는 말은 대개 무슨 말인지 알아듣기 어렵다는 게 더 큰 이유입니다. 전문 용어를 많이 섞어 써서 그렇습니다. 그래서 저는 자료를 받으면 어려운 말은 쉬운 말로 고치고, 청취자가 궁금해할 내용을 중심으로 원고를 다시 구성한 후 마치 극본을 쓰듯 출연자들 한 명 한 명의 대사를 썼습니다. 그러면 출연자들이 이 원고를 상황극을 하듯 읽는 모습이 방송에 나가는 겁니다.

이 과정이 순조롭게 진행되면 좋겠지만, 법조인들은 늘 바쁘기 때문에 사전에 자료를 주고받는 과정이 순탄치 않습니다. 한번은 출연자를 어르고 달래 방송 직전에 겨우 자료를 받았는데, 받고 보니 상황이 더욱 아득해졌습니다. 어디선가 복사해 붙인 게 분명한 자료의 내용은 대부분 주제에서 벗어나 있었고 분량은 50페이지에 달했습니다. 장황함이 무엇인지 정확하게 보여주는 글이었습니다. 이를테면 '새로 시행될 법'에 대해 이야기를 하기로 했는데 자료에는 법의 제정 배경에 대해서만 40페이지 가까이 쓰여 있는 식입니다. '새 법'에 대해 말하기로 했으면 '새 법'에 대해 써야 합니다. 어떤 행동을 하면 위법이 되고, 위법을 하면 어떤 처벌을 받고, 법은 언제부터 시행되고, 계도 기간은 언제까지인지, 이런 핵심 내용을 짚어줘야 합니다.

'법의 제정 배경' 같은 내용은 도입부에서 간략하게 언급해주면 좋지만 없어도 크게 상관은 없습니다. 말 그대로 '배경' 정보이기 때문입니다. 그런데 글을 장황하게 쓰는 사람들은 대개 이 '배경' 정보에 많은 공을 들입니다. 별로 중요하지 않은 내용에 온 힘을 기울이니 뒤로 갈수록 힘도 떨어지고 지면도 모자라 급하게 마무리하게 됩니다. 그렇게 용두사미 글이 탄생하는 겁니다. 독자들은 특히 용두사미 식의 장황한 글을 좋아하지 않습니다. 실컷 읽었는데 정작 필요한 정보는 없으니 속은 기분이 들기 때문입니다. 꼼수를 부려 글의 제목을 아예 '법의 제정 배경'으로 바꾼다고 한들 독자들에게 외면당하기는 마찬가지입니다. 이 글에는 별로 중요한 내용이 없다는 사실을 제목에서부터 알리는 꼴이기 때문입니다.

✉ 글의 방향을 잡아줄 단 하나의 원칙

내용이 장황한 글을 수정하는 방법은 한 가지밖에 없습니다. 배경 정보와 곁다리 내용을 과감하게 쳐내고 핵심 주제와 관련된 내용으로 분량을 다시 채우는 겁니다. 거의 글을 새로 쓰는 수준의 수정입니다. 그게 끔찍해서 그 패널분도 제게 모르는 척 자료를 넘겼을 겁니다. 저도 모르는 척 대충 원고를 넘기고 싶었지만, 그러면 그 장황한 말을 청취자들이 방송으로 들어야 하니 울면서 원고를 새로 쓰는 수밖에 없었습니다. 그러나 여러분께는 울면서 대신 써줄 작가가 없으니 스스로를 구원해야 합니다. 반드시 처음부터 경로를 잡고 쓰기 바랍니다. 이를 위해 기억해야 할 한 가지 글쓰기 원칙이 바로, '한 편의 글에서는 하나의 주제만 말한다'입니다.

즉 '뭔가'에 대해 쓰기로 했으면 '뭔가'만 써야 합니다. 글쓰기 책에서 흔히 말하는 일관성 있게 쓰라는 조언도 같은 맥락입니다. 한 편의 글에는 한 가지 주제에 대해서만 말해야 글이 장황해지지 않습니다. 그러나 쓰다 보면 어느새 이런저런 샛길로 빠져드는 자신을 발견하게 될 겁니다. 처음에는 분명히 설거지 방법에 대해 쓰고 있었는데 어느새 오늘 뭘 먹었는지에 대해 쓰고 있고, 다시 정신을 차리고 보니 이번엔 나만의 두부조림 비법을 쓰고 있습니다. 말할 때의 습관이 글을 쓸 때도 나오기 때문입니다.

글을 쓸 때는 항상 말할 때의 습관이 나오는 것을 경계해야 합니다. 말과 글은 비슷한 것 같으면서도 차이가 큽니다. 예를 들어 대화를 나눌 때는 '뭔가'에 대해 이야기하다가 연관되는 다른 주제로 옮아가도 대화에 별 지장이 없습니다. 오히려 할 말만 하고 마는 것보다 대화를 더 풍성하게 합니다. 그러나 글을 쓸 때 이렇게 하면 중구난방으로 내용이 튀는 장황한 글이 되고 맙니다. 한 편의 글을 쓸 때는 반드시 하나의 주제에 대해서만 이야기하기 바랍니다.

그런데 한 가지 주제로 일관되게 글을 쓴다는 게 생각처럼 쉬운 일이 아닙니다. 그 주제에 대해 깊이 생각하고 이런저런 자료들을 조사한 후 나름의 관점으로 글을 구성해야 합니다. 그게 힘들고 어려우니 얕은 지식과 경험을 사방팔방으로 장황하게 늘어놓는 겁니다. 결국, 편하게 쓰려다 보니 글이 장황해지는 겁니다. 물론 그렇게라도 쓰는 것이 안 쓰는 것보다는 백번 낫습니다만, 쉽게만 써서는 글이 늘지 않습니다. 뭐든 잘하기 위해서는 힘들고 귀찮은 부분을 묵묵히 해나가는 시간이 필요합니다. 다행히 글쓰기는 품이 드는 일이지 어려운 일은 아닙니다. 원칙을 지켜 꾸준히 쓴다면 반드시 잘 쓸 수 있습니다.

그럼 지금부터 글을 장황하게 쓰지 않기 위한 구체적인 방법을 말씀드리겠습니다. 먼저 우리가 '뭔가'에 대해서 쓰기로 해놓고 자꾸 '다른 뭔가'를 쓰는 이유는 주제에 집중하지 못하기 때문입니다. 글을 쓰다가 자꾸 옆길로 새고 싶지 않다면 가장 먼저 주제에 집중하는 힘을 키워야 합니다. 주제 집중력을 키우는 가장 효과적인 방법이 바로 '로그라인' 쓰기입니다.

1) 키워드 말고 로그라인!

'로그라인'은 드라마나 영화의 시놉시스에서 전체 내용을 한 줄로 요약해 쓴 문장을 말합니다. 즉 극본의 핵심 주제를 압축한 문장이라고 할 수 있습니다. 이렇게 글을 쓰기 전에 하려는 말을 미리 로그라인으로 써두면 글이 장황해지는 것을 막을 수 있습니다. 주제의식이 분명하게 각인되어 분량이 길어져도 쉽게 방향을 잃지 않기 때문입니다.

그런데 우리는 지금도 무슨 이야기를 할지 먼저 생각한 후에 글을 씁니다. 그렇게 해도 샛길로 빠지게 되는데, 왜 로그라인을 쓰면 글이 장황해지지 않는 걸까요? 그 이유는, 로그라인은 구체적인 문장의 형태로 돼 있기 때문입니다. 예를 들어 우리는 '설거지'에 대해 쓰겠다고 생각하지, '설거지를 효율적으로 하는 방법을 알려주겠다'라고 생각하지 않습니다. 주제를 키워드로만 생각하면 포함되는 내용의 범위가 지나치게 넓어져서 샛길로 빠지기 쉽습니다. 정신을 차리고 보니 '설거지 거리도 적게 나오고 가족들 입맛도 사로잡을 수 있는 노파의 요리 비법' 따위를 쓰고 있는 이유도, 이 내용이 '설거지'라는 키워드 안에 포함되기 때문입니다.

이에 반해 로그라인은 글의 주제를 문장으로 구체화하기 때문에 다룰 수 있는 내용의 범위가 크게 제한됩니다. 예를 들어 이 책의 로그라인은 '글을 쉽게 쓰는 방법을 알려준다'입니다. 이 주제 안에서 다룰 수 있는 소재는 '글의 종류'밖에 없습니다. '보고서를 쉽게 쓰는 법을 알려준다', '자기소개서를 쉽게 쓰는 법을 알려준다', '일상 글을 쉽게 쓰는 법을 알려준다'…. 이렇다 보니 글이 아무리 길어져도 핵심 주제를 벗어나기가 쉽지 않습니다.

만일 제가 '글쓰기'라는 키워드만 가지고 이 책을 썼다면, 우리가 왜 글을 써야 하는지에 관한 내용에만 책의 절반을 할애했을 겁니다. 그 부분에 대해 할 말이 많기 때문입니다. 아니면 느닷없이 사회 비판에 한 장章을 할애할 수도 있습니다. '글을 쓰지 않으면 버틸 수 없게 만드는 이 사회에 대한 비판'도 '글쓰기'라는 키워드 안에 들어가기 때문입니다. 그러나 당위성과 사회 비판만 하는 글쓰기 책은 누구도 보고 싶지 않을 겁니다. 주변 이야기만 구구절절 늘어놓아 독자로부터 외면당하고 싶지 않다면 글을 쓰기 전에 꼭 로그라인을 작성하기 바랍니다.

2) 깃발 꽂기의 기술

글이 장황해지는 것을 막기 위한 또 다른 방법은 '깃발 꽂기'입니다. 아무리 로그라인을 써두어도 글을 쓰는 내내 그 내용을 기억하고 있지 않다면 잠시 방심한 사이 샛길로 빠지기 쉽습니다. '깃발 꽂기' 기술은 글을 쓰는 매 순간 로그라인 내용을 상기하기 위한 방편이라고 생각하면 됩니다.

예를 들어 저는 로그라인을 작성하면 그 위에 빨간색 깃발을 꽂는 상상을 합니다. 여기가 전체 글의 중심부라는 사실을 머릿속에서 시각화하는 겁니다. 그러면 무심코 딴생각을 하다가도 빨간 깃발이 떠올라 다시 주제로 돌아오려는 의식적인 노력을 기울이게 됩니다. 북한산에 오를 때 꽃구경도 하고 계곡

물에 발을 담그다가도 고개만 들면 백운대가 보여 산행의 목표를 잊지 않는 것과 같은 이치입니다.

이렇게 글의 중심부를 시각화하면 이런저런 연관 주제로 글을 확장해도 아예 다른 주제로 글의 경계를 넘어가는 일은 좀처럼 일어나지 않습니다. 마치 펜이 보이지 않는 줄로 깃발에 연결된 것처럼 핵심 주제의 반경 안에서만 글을 쓰기 때문입니다. 이렇게 모든 내용이 핵심 주제로 일관되게 묶이면 분량이 길어져도 장황하다는 느낌이 들지 않습니다. 작은 팁이지만 효과는 강력합니다.

3) 로그라인 쓰는 법

그런데 막상 로그라인을 쓰려고 하면 어떻게 써야 할지 막막할 겁니다. 지금까지 키워드로만 글을 쓰는 습관이 들어서 그렇습니다. 로그라인을 쓰는 것은 전혀 어렵지 않습니다. 다음 두 질문에 답을 한다고 생각하면 됩니다.

- 나는 무엇을 쓰고 싶은가?
- 사람들은 무엇을 알고 싶은가?

이 두 질문은 읽히는 글로 가기 위한 핵심 관문이기도 합니다. 특히 두 번째 질문이 중요합니다. 작가라면 자신이 쓰고 싶은 이야기만 해서는 곤란합니다. 쓰려는 주제와 관련하여 사람들이 궁금해하는 내용에 대해서도 답을 줄 수 있어야 합니다.

예를 들어 저는 이 장章에서 '장황함'에 대해 쓰고 싶었습니다. '장황함'이라는 키워드로 할 수 있는 이야기는 다양합니다. 사람들은 왜 장황한 글을 쓰는가? 장황한 글을 쓰는 것이 왜 나쁜가? 장황한 글이란 구체적으로 무엇을 뜻하는가? 등등. 이때 두 번째 질문을 던지면 다뤄야 할 주제가 더 명확해집니다. 독자는 '장황함'에 대해 무엇을 가장 알고 싶어 하는가? 답은 '장황하지 않게 쓰는 법'입니다. 그래서 이 장章의 로그라인도 '장황하지 않게 쓰는 방법을 알려준다'입니다.

결국, 장황해지지 않기 위해서는 여러분이 아는 내용이 아니라 독자들이 궁금해할 내용을 중심으로 정확하게 서술해야 합니다. 독자들이 무엇을 궁금해할지 치열하게 고민하고 그 궁금증을 시원하게 해소해준다면, 핵심을 꿰뚫는 치밀한 글이 완성될 겁니다.

초고는 광인처럼, 퇴고는 기업가처럼

앞 절에서는 장황한 글로 읽는 사람을 곤란하게 만드는 분들을 위한 글쓰기 조언을 드렸습니다. 이번 편에는 쓸 말이 없어서 곤욕을 치르는 분들을 위해 어떻게 하면 거침없이 쓸 수 있는지에 대해 말씀드리겠습니다.

✉ 잘 쓰고 싶은 마음

글은 쓸 거리가 없어서 못 쓰는 게 아닙니다. 잘 쓰고 싶다는 열망이 섣불리 문장을 이어나가지 못하게 하는 것뿐입니다.

그런데 어떤 분들은 이런 말을 들으면 "잘 쓰려고 그러는 게 아니라 진짜 쓸 게 없다"고 항변합니다. 이런 분들은 아마도 자신의 마음을 제대로 들여다보지 않았을 확률이 높습니다.

쓸 거리는 도처에 널려 있습니다. 아침에 눈을 뜨면서부터 오늘은 왜 이렇게 일어나기 싫은 건지, 어제는 왜 늦도록 잠을 못 이룬 건지, 날씨는 왜 이렇게 꿀꿀한 건지, 꿀꿀한 것은 날씨인 건지, 내 마음인 건지, 내 마음이라면 나는 왜 꿀꿀한 것인지 등 일상만 잘 관찰해도 '왜'로 이어지는 이야기를 얼마든지 쓸 수 있습니다.

회사 보고서는 두말할 필요가 없습니다. 보고서 주제를 상사가 미리 정해주기 때문에 우리는 답변만 준비하면 됩니다. 프로그램 시청률이 왜 떨어지는지, 어떻게 하면 판매를 늘릴 수 있는지 등 자료 조사만 꼼꼼하게 하면 글감이나 소재가 없어서 글을 못 쓰는 일은 없습니다.

그런데도 글쓰기가 어렵게 느껴지는 이유는 쓸 거리가 없어서가 아닙니다. 사람들이 기꺼이 댓글을 달아주는 글, 상사가 칭찬할 만한 글이 아니면 쓰고 싶지 않기 때문입니다. 결국 잘 쓰고 싶은 마음 때문에 섣불리 쓰지 못하는 겁니다. 그러나 이런 글은 아무도 댓글을 달아주지 않는 외로운 글, 상사를 화나게 하는 글을 숱하게 쓰고 난 후에야 겨우 써지는 법입니다. 그러니 잘 쓰고 싶은 마음과 못 쓰면 어떡하나 하는 부담감을 모두 내려놓고 일단 초고부터 쓰기 바랍니다. 멋진 문장에 대한 욕심도 버리고 그저 하고 싶은 이야기를 마음껏 쏟아내기 바랍니다. 초고는 광인처럼 써야 합니다.

✉ 초고는 광인처럼 거침없이

초고를 쓸 때는 첫 문장도 고민할 필요가 없습니다. 그저 주제와 관련해 떠오르는 생각들을 자유롭게 써 내려가면 됩니다. 예를 들어 시청률 분석 보고서를 쓴다면 "우리 프로그램의 시청률이 지난주보다 5퍼센트 떨어졌습니다. 왜냐하면 시청자들은 그 얼굴이 또 그 얼굴인 출연진을 보는 게 지겹기 때문입니다" 하는 식으로 평소 생각을 쓱쓱 적어 내려가기 바랍니다. 일상 에세이는 더 간단합니다. "어제는 쉬 잠들지 못했습니다. 왜냐하면 날씨가 꿀꿀하니 저도 꿀꿀해졌고, 그랬더니 제 안의 모든 꿀꿀한 생각들이 돼지 떼처럼 달려들었기 때문입니다." 마치 의식의 흐름을 기술하듯, 자유롭게 써 내려가기 바랍니다.

사실 초고는 글쓰기 전 과정을 통틀어 가장 재밌게 쓸 수 있는 단계입니다. 만일 개요까지 작성했다면 초고 쓰기는 말 그대로 식은 죽 먹기입니다. 초고에서는 글을 잘 쓰는 것보다 내용을 채우는 것이 더 중요하기 때문입니다. 잘 쓰는 일은 퇴고 단계로 미루고 초고를 쓸 때는 마치 일필휘지의 명문가名文家라도 된 것처럼 그저 써 내려가기 바랍니다. 물론 이때도 로그라인의 범위 안에서만 쓰는 자유를 누려야 합니다.

이렇게 한 줄, 두 줄 써 내려가다 보면 처음에는 몇 마디 할 말이 없었다가도 금세 꼬리에 꼬리를 물고 생각이 일어납니다. 이 생각의 줄기를 어떤 방향으로 잡아가면 좋을지, 논리는 어떤 식으로 세워야 설득력이 있을지, 점차 글의 가닥이 잡히기 시작합니다. 쓰는 행위 자체가 생각의 일부이기 때문입니다. 일단 쓰기 시작하면 반드시 다른 할 말이 생기기 마련이니, 예술가의 광기로 거침없이 생각들을 써 내려가기 바랍니다.

그렇게 하고 싶은 말을 지면 위에 다 쏟아냈다면, 이제 초고의 광인을 내면 깊숙한 곳으로 돌려보내기 바랍니다. 지금부터는 엄숙한 퇴고의 시간입니다.

의식과 무의식 사이에서 쏟아낸 글 무더기를 소통의 매개로 거듭나게 하는 과정이 바로 퇴고입니다. 글의 품질은 절대적으로 이 퇴고 과정에 달려 있다고 보면 됩니다. 퇴고를 얼마나 정성껏 하느냐에 따라 모두의 공감을 사는 매력적인 글이 될지, 아니면 누구도 거들떠보지 않는 고독한 글이 될지가 결정됩니다. 다행히 지금은 컴퓨터를 활용해 열 번이고 백 번이고 쓰고 지우기를 반복할 수 있습니다. 아직도 육필로 쓰는 시대였다면 초고를 광인처럼 쓰라는 조언도 드릴 수 없었을 겁니다. 혹여라도 초고를 손으로 쓴 분이 있다면, 부디 시대가 선물한 기술의 편의를 거절하지 말고 퇴고만큼은 컴퓨터로 하기 바랍니다. 그래야 부담 없이 쓰고 지우며 어휘와 논리를 정교화할 수 있습니다. 그럼 지금부터 글의 품질을 한 차원 높여줄 퇴고의 3단계에 대해 말씀드리겠습니다.

1단계. 논리 다듬기

퇴고의 첫 번째 단계는 '논리 다듬기'입니다. 글의 골조를 다시 세운다는 생각으로 초고의 전체 논리를 가다듬기 바랍니다. 전체 구조에서 세부 내용으로 들어가는 방향으로 논리를 다듬어야 글의 흐름이 더욱 매끄러워집니다. 이때 점검해야 할 내용은 다음과 같습니다.

① 답을 설득력 있게 끌어내고 있는가?

② 근거가 중요도 순으로 나열돼 있는가?

③ 분량이 중요도에 따라 적절히 분배돼 있는가?

만일 중요한 근거가 너무 뒤에서 등장한다면 앞으로 옮기고, 중요하지 않은 내용에 너무 많은 지면이 할애돼 있다면 적절하게 분량을 쳐내기 바랍니다. 또 빠진 내용이 있다면 이 단계에서 보충하기 바랍니다.

감성 글을 쓸 때도 마찬가지입니다. 일상의 사건에서 깨달음을 얻는 과정이 설득력 있게 전개되는지, 논리적 비약은 없는지를 살펴보기 바랍니다. 감성 글일수록 인과관계가 명확하지 않으면 독자가 공감하기 어렵습니다. 왜 그 순간 삶의 아름다움을 느꼈는지, 혹은 연민이나 분노를 느꼈는지, 직접 그 상황을 겪지 않은 사람도 결론에 공감할 수 있도록 정서적 인과관계를 잘 다듬기 바랍니다.

이렇게 글의 전체 논리를 잡았다면, 이제 퇴고 과정 중 가장 어려운, '걷어내기'를 할 차례입니다.

2단계. 걷어내기

글쓰기는 순수한 정신 활동이지만 퇴고만큼은 가혹한 기업가처럼 해야 하는 이유가 바로 이 두 번째 단계 때문입니다. 걷어내기 단계에서 여러분은 최소한의 어휘로 최대의 결과를 얻겠다는 기업가의 정신으로 불필요한 말들을 전부 걷어내야 합니다. 중언부언 장황하게 늘어지는 말, 애매하고 부정확한 표현들을 전부 삭제하기 바랍니다. 최소한의 어휘로 표현한 글이 주제의식도 더 선명하고 가독성도 더 좋기 때문입니다.

그러나 이 말을 글의 맥락을 훼손하면서까지 분량을 줄이라는 뜻으로 오해해서는 안 됩니다. "있어도 괜찮을 말을 두는 너그러움보다, 없어도 좋을 말을 기어이 찾아내어 없애는 신경질이 글쓰기에선 미덕이 된다."[16] 소설가 이태준의 이 말처럼 정확한 신경질로 잡초 같은 말만 귀신같이 걷어내기 바랍니다. 그런데 막상 삭제를 하려고 보면 전부 필요한 말 같고, 무척 아깝게 느껴질 겁니다. 어쩐지 내 영혼의 일부를 지우는 것 같을 겁니다. 그래서 '걷어내기'가 퇴고 중 가장 어려운 과정이라고 말씀드린 겁니다. 그럴 때일수록 냉혹한 기업가 정신으로 무장하여 언어 효율의 극대화를 이루기 바랍니다.

작가 중에는 황정은 소설가가 거침없는 '걷어내기'로 잘 알려져 있습니다. 그의 글은 쉽게 읽힙니다. 관념어나 개념어의 사용으로 의미를 흐리는 일이 없어 모든 말들이 선명하게 빛납니다. 남다른 퇴고 방법 덕분입니다. 황정은 작가는 장편 소설을 퇴고할 때 초고의 무려 80퍼센트를 걷어낸다고 합니다. 단편 소설은 더합니다. 파일을 열 때마다 처음부터 새로 씁니다. 제가 들은 중 가장 지독한 퇴고 방법입니다. 이 정도로 걷어내면 없으면 안 되는 말만 남기 때문에 모든 단어가 선명하게 자신의 의미를 드러낼 수밖에 없습니다. 다행히 우리는 한국 문학을 대표할 작품을 쓸 게 아니므로 이 정도로 가혹하게 걷어낼 필요는 없습니다. 초고의 절반만, 아니 30퍼센트 정도만 덜어내도 경쾌한 호흡의 군더더기 없는 글이 완성될 겁니다.

걷어낼 때는 모호하고 관념적인 어휘뿐만 아니라 과잉된 감정의 언어도 덜어내야 합니다. 읽히는 글이 되기 위해서는 독자가 소화할 수 있는 수준으로 감정의 농도를 유지하는 것이 중요합니다. 특히 비극적인 사건을 이야기할 때 직접적으로 비난의 말을 하거나 지나치게 감정에 호소하는 것은 금물입니다. 분노로 알알이 응어리져 있거나 너무 많은 물기가 서린 글은 독자에게 과도한 정서적 무게를 지우기 때문입니다. 이런 감정의 무게를 피하고 싶어서 특정 사건의 이름만 나와도 스크롤을 내려버리는 독자도 있습니다. 따라서 비극적인 사건일수록 지나친 감정 표현은 걷어내고 일상의 언어로, 한 걸음 떨어져서 서술하기 바랍니다. 즉 '파토스'라는 단어가 없을 때 '파토스'의 정서는 더욱 효과적으로 전달됩니다.

이때 '파토스'는 고통이나 경험을 뜻하는 그리스어 $\pi\alpha\theta o\varsigma$에서 유래한 말로, 독자나 청중의 감성에 호소할 때 주로 사용됩니다. 우리 사전에서는 이 단어를 '일시적인 격정이나 열정 또는 예술에 있어서의 주관적·감정적 요소'로 정의하고 있습니다. 멋있는 말입니다만 의미의 폭이 지나치게 넓어 사실상 대응하는 우리말이 없는 개념이라고 할 수 있습니다. 이런 어휘가 바로 우리가 걷어내야 할, 문장의 의미를 흐리는 관념어입니다. 정확한 의미 전달을 위해서는 이런 관념어를 걷어내고 다음과 같이 의도하는 바를 명확하게 드러내는 단어를 사용해야 합니다.

'즉 비극이라는 단어가 없을 때 비극의 정서는 더욱 효과적으로 전달됩니다.'

그런데도 제가 굳이 '파토스'라는 단어를 쓴 이유는 그 말이 있어 보이기 때문입니다. 비평가나 전문가들이 자주 사용하는 난해한 관념어를 사용하면 저 역시 똑똑해 보일 거라고 기대했습니다. 그러나 기대와 달리 독자들은 이런 난해한 관념어를 좋아하지 않습니다. 피부에 와닿는 것처럼 선명하게 의미를 드러내지 않는 말들은 오히려 독자를 떠나가게 합니다. 이렇게 지적 허세를 부리다가 나도 모르게 독자와 멀어지지 않도록 지금부터 퇴고의 세 번째 단계를 설명해드리겠습니다.

3단계. 정교화

얼마 전 지방의 한 건설 현장에서 8세 초등학생이 사망하는 비극적인 사건이 벌어졌습니다. 그런데 피해 아동의 시신에서 학대의 흔적이 발견되면서 사건은 새로운 국면으로 전환되는 중입니다. 주민들의 진술에 의하면, 피해 아동은 가정에서의 상습적인 구타를 피해 홀로 건설 현장을 찾았다가 참변을 당했다고 하는데요? 심각한 사회적 문제가 아닐 수 없습니다. 그런데 더 심각한 문제는, 이곳 주민들에게서 보여지는 전근대적인 사고의 방식이었습니다. 이날 인터뷰에 응한 주민들은 하나같이, 부모라면 그 정도

체벌은 할 수 있지 않냐며 오히려 가해자에 <u>우호적인</u> 태도를 견지했습니다. 집 안팎으로 <u>고립무원</u>을 느꼈을 고_故 김 군의 상황이 마치 <u>원자화</u>된 우리 사회의 단면을 보여주는 것 같아 <u>쓸쓸함을 금할 길이 없습니다.</u>

이 예시문은 얼마 전 뉴스 보도에서 들은 내용을 각색하여 쓴 글입니다. 우리가 자주 저지르는 글쓰기 실수를 설명하기 위해 일부러 이렇게 썼지만, 정말 끔찍하기 짝이 없습니다. 무엇이 이 글을 이토록 끔찍하게 보이게 하는지, 하나하나 짚어드리겠습니다.

① '~적', '~의'는 일본말입니다

이 글이 읽기 힘든 첫 번째 이유는 학술 서적에서나 볼 법한 어려운 표현들 때문입니다. 그 주범이 바로 '~적的'으로 끝나는 표현과 격조사 '~의'입니다. 먼저 '~적的'은 일본어 접미사 '的(일본어로 '데키')'에서 유래한 일본식 표현입니다. 과거 일본은 영미권 책을 번역할 때 명사 뒤에 접미사 '的(데키)'를 붙여 형용사로 만들었는데, 이 용법이 일제강점기를 거치며 우리말에도 그 흔적이 남게 된 겁니다.

뿌리가 책에 있다 보니 '~적的' 표현은 주로 학술 서적이나 뉴스 기사에서 자주 접할 수 있습니다. 이 짧은 보도문에도 비극적, 사회적, 전근대적, 우호적까지, 총 네 개의 '적'이 들어가 있는데, 이렇게 '적'을 남발하면 글이 딱딱하고 어렵게 느껴집니다. 우리 말 어법에 맞게 표현하면 더 쉽고 분명하게 의미를 전달할 수 있는데도 굳이 이렇게 어렵게 쓴 이유는 역시 똑똑해 보이고 싶은 욕구 때문입니다. 그러나 독자들은 잘난 척하는 글을 좋아하지 않습니다. 읽히는 글을 쓰고 싶다면 쉽고 간결하게 표현하기 바랍니다. 우리 예시문의 '적'들은 아래와 같이 퇴고하는 것이 좋습니다.

- 비극적인 사건이 벌어졌습니다 → 비극이 벌어졌습니다
- 가정에서의 상습적인 구타 → 가정 폭력
- 사회적 문제 → 사회문제
- 전근대적인 사고의 방식 → 낡은 사고방식
- 우호적인 → 두둔하는

명사와 명사 사이에 쓰인 격조사 '의'도 일본어의 주격조사 'の(노)'에서 유래한 일본식 표현입니다. 이 '의' 표현의 가장

유명한 예가 우리가 잘 아는 〈고향의 봄〉 노래의 첫 소절, '나의 살던 고향은~'입니다. 우리말 어법에 따르면 '내가 살던 고향'이 되어야 옳으나 이미 전 국민에게 '나의 살던 고향'이 돼버렸으므로 여기서는 예시문만 수정하도록 하겠습니다. 우리말 어법에서는 명사와 명사를 나란히 쓸 수 있으므로 예시문의 '학대의 흔적'과 '사고의 방식'은 각각 '학대 흔적', '사고방식'으로 퇴고하는 것이 좋습니다.

그런데 이 일본식 '의' 표현이 가장 많이 보이는 글은 다름 아닌 법전입니다. 특히 형법과 민법에서 이 표현을 많이 찾아볼 수 있는데, 법의 주요 개념을 일본 법률에서 거의 그대로 들여와서 그렇습니다. 형법 제1조를 예로 들면 "범죄의 성립과 처벌은 행위 시의 법률에 따른다"라고 돼 있습니다. 이 문장도 우리말 어법에 맞게 수정하면 의미가 훨씬 분명해집니다. "범죄 성립과 처벌은 행위가 벌어질 때의 법률에 따른다."

반면 민법 제1조에는 '의' 표현은 없는 대신 '~의하다'라는 표현이 자주 눈에 띕니다. "민사에 관하여 법률에 규정이 없으면 관습법에 의하고 관습법이 없으면 조리에 의한다."(민법 제1조) 이 '의하다' 역시 일본어 '~によって(니요떼)'를 그대로 직역한 일본식 표현으로 문장의 가독성을 떨어트리는 주범이라

고 할 수 있습니다. 이 조항도 다음과 같이 우리말 어법에 맞게 수정하면 문장의 의미가 더욱 분명해집니다. "민사에 관하여 법률에 규정이 없으면 관습법을 따르고 관습법이 없으면 조리를 따른다."

② 한자어를 남발하면 고립무원孤立無援을 느끼게 될 겁니다

다시 예시문으로 돌아가서, 이 글이 잘 읽히지 않는 두 번째 이유는 어려운 한자어 표현이 많아서입니다. 한자어 남용이야말로 작가의 지적 우월감의 욕망을 고스란히 드러내는 글쓰기라고 할 수 있습니다. 예시문의 사례를 하나하나 짚으며 설명해드리겠습니다.

먼저 "(피해 아동의 시신에서 학대의 흔적이 발견되면서) 사건은 새로운 국면局面으로 전환轉換되는 중입니다"와 같은 표현은 뉴스 보도에서는 불필요한 한자어 수식입니다. "(~학대의 흔적이 발견되면서) 가정 폭력 의혹이 일고 있습니다"처럼 사실만 서술하는 것이 보도문의 목적에 더 부합하는 글쓰기입니다. "주민들의 진술陳述에 따르면" 역시 글을 어렵게 읽히게 하는 대표적인 한자어 표현입니다. 단순히 "주민들은 ~라고 말했습니다"라고 하는 것이 더 쉽게 읽힙니다. 마찬가지로 "가해자에게 우호적

友好的인 태도를 견지堅持했습니다" 역시 간단히 "가해자를 두둔했습니다" 혹은 "가해자를 두둔하는 모습을 보였습니다"라고 표현하는 게 더욱 쉽고 분명하게 읽힙니다.

그러나 뭐니 뭐니 해도 이 글을 가장 읽기 어렵게 하는 것은 마지막 문장입니다.

집 안팎으로 고립무원을 느꼈을 고故 김 군의 상황이 마치 원자화된 우리 사회의 단면을 보여주는 것 같아 씁쓸함을 금할 길이 없습니다.

끌어다 붙일 수 있는 어려운 말들은 모조리 끌어다 쓰고 말겠다는 집념이 아니고서야 글을 이렇게 쓸 수는 없습니다. 독자야말로 씁쓸함을 금할 길이 없는 이 문장은 어떻게 퇴고해야 하는지 살펴보겠습니다.

먼저 '고립무원孤立無援'은 고립되어 구원을 받을 데가 없음을 뜻하는 한자어로, 단순히 '어디에도 도움을 청할 곳이 없었던'으로 풀어서 쓰면 가독성이 더 좋아집니다. 두 번째로 '~군君'은 친구나 손아래 남자를 친근하게 부를 때 사용하는 호칭입니다. 불의의 사고로 세상을 떠난 아동을 칭하기에는 부적절하므로 '피해자'나 '피해 아동'으로 바꿔 표현해야 합니다.

마지막으로 '원자화原子化된 사회'는 현대인들이 대중 속에서도 고립감을 느끼는 현상을 뜻합니다. 따라서 한집에 사는 부모에게 폭행을 당한 아동의 상황을 설명하기에는 적합한 비유가 아닙니다. 이렇게 의미도 맞지 않는 어려운 한자어 표현의 사용은 글 전체에 대한 신뢰를 떨어트립니다. 글을 쓸 때는 자신이 모르는 내용, 정확하지 않은 사실에 대해서 아는 것처럼 말하는 것은 금물입니다. 독자들은 귀신같이 알아봅니다.

그런데 이 마지막 문장에는 한 가지 문제가 더 있습니다. 바로 '쓸쓸함을 금할 길이 없습니다'라는 표현이 보도의 갈무리로 적절하지 않다는 점입니다. 보도문은 사회적 기능을 중시하는 글입니다. 이 뉴스를 접하고 앵커가 쓸쓸함을 느꼈는지 아닌지는 사회적으로 중요한 정보가 아니므로 정부에 사고 재발 방지 대책을 요구하는 내용으로 마무리하는 것이 바람직합니다.

③ 수동/피동형 표현도 외래어의 흔적입니다.

마지막으로 수동/피동형 표현은 글의 가독성을 떨어트리는 것을 넘어 아예 문장을 비문으로 만드는 주범입니다. 예시문의 '주민들에게서 보여지는 전근대적인 사고의 방식'은 전형적인 이중 피동 표현으로 우리 문법에는 틀린 문장입니다. 이 경우 단순하게 '주민들의 전근대적 사고방식'으로 쓰는 것이 옳습니다. 수동/피동형 표현은 영미권 책을 직역한 글에서 유래한 나쁜 글쓰기 습관으로 자세한 내용은 4장에서 확인할 수 있습니다.

자, 이제 모든 퇴고가 끝났습니다. 수정된 보도문을 원래 글과 비교하면서 퇴고의 힘을 느껴보기 바랍니다.

> 얼마 전 지방의 한 건설 현장에서 8세 초등학생이 사망하는 끔찍한 사건이 있었습니다. 그런데 피해 아동의 시신에서 학대 흔적이 발견되면서 이번엔 가정 폭력 의혹이 일고 있는데요? 피해 아동이 부모의 구타를 피해 홀로 건설 현장을 찾았다가 참변을 당한 것 같다는 주민들의 말도 이런 의혹을 뒷받침해줍니다. 하지만 문제는 여기서 끝이 아니었습니다. 이 지역 주민들은 아동 학대를 별로 심각한 문제로 여기지 않고 있었는데요? 이날 인터뷰를 한 사람들은 하나같이 부모라면 그 정도 체벌은 할 수 있지 않냐며 오히려 가해 부모를 두둔하는 모습을 보였습니다. 어디서도 도움 청할 곳이 없었을 피해 아동의 비극이 두 번 다시 되풀이되지 않도록 정부 차원의 강력한 대책이 시급해 보입니다.

제 **3** 장

회사 글,
쉽게 쓰는 방법이
있습니다

♯

형식에 중점을 두는 이유 역시
결국 내용을 잘 전달하기 위해서입니다.

자기소개서는
'나 잘났 소개서'가 아닙니다

직장을 구할 때 처음으로 맞닥뜨리는 관문이 바로 자기소개서입니다. 대학을 졸업하고 난생처음 사회 진출을 앞둔 초년생뿐만 아니라 삶의 두 번째 문을 여는 중견 사회인에게도 자기소개서를 쓰는 일은 중요합니다. 그러나 이름이 이름이다 보니, 자기소개서를 정말 자신을 소개하는 글이라고 오해하는 분들이 많습니다. 그러면 자기소개서에 자신의 지난날을 연대기적으로 서술하기 쉽습니다. "저는 유복하지는 않지만 단란한 가정환경에서 성장하였고, 엄하지만 다정다감하신 부모님의 밑에서 열심히 노력해 원하는 대학에 합격하였고, 가정 형편상 유학은 꿈꾸기 어려워 한인 교회를 다니며 외국인 친구들을 사귀었으며…" 그리고 이어지는 자기 자랑들. 그러나 자기소개서는 덮어놓고 자기 장점을 늘어놓는 '나잘났소개서' 가 아닙니다. 자기소개서는 철저하게 기업의 눈높이에 맞춰 써야 하는, 일종의 '인력 설명서'입니다.

따라서 자기소개서를 쓸 때는 다음 두 가지를 명심해야 합니다. 첫째, 기업은 여러분이 어떤 환경에서 자랐는지에 대해 별 관심이 없습니다. 기업의 관심사는 오직 지원자의 직무 적합성입니다. 여러분이 부잣집에서 편하게 스펙을 쌓았다고 감점을 하는 것도 아니고, 어려운 가정형편에서 졸업도 겨우 했다고 가점을 하는 것도 아닙니다. 그저 현재 직무를 수행할 역량을 갖췄는지를 볼 뿐입니다. 그러므로 자기소개서를 쓸 때는 자신의 직무 역량을 드러내는 것에만 집중하기 바랍니다.

둘째, 심사위원은 굉장히 바쁜 사람입니다. 한정된 시간 안에 수백 개의 자기소개서를 읽어야 합니다. 즉 여러분의 글을 끝까지 읽을 시간적 여유가 없습니다. 따라서 "장군님 축지법 쓰시었다" 수준의 특별한 이야기가 아니라면, 일대기 형식으로 자기소개서를 썼다간 도입부에서 걸러지기 딱 좋습니다. 유복하지는 않지만 단란한 가정환경에서 자란 지원자들은 이미 많기 때문입니다. 그러면 지금부터 어떻게 해야 뽑히는 자기소개서를 쓸 수 있을지 말씀드리겠습니다.

✉️ 뽑히는 자기소개서를 쓰고 싶다면?

자기소개서처럼 목적이 분명한 글을 '잘 쓴다'는 것은 일반적으로 말하는 '글을 잘 쓴다'와는 다릅니다. 아무리 완성도 높은 구성과 심장을 할퀴는 표현으로 채워졌다고 해도 자기소개서로서는 잘 쓴 글이 아닐 수 있습니다. 오히려 '쓸데없이 잘 쓴 글'이라고 감점을 받을 수도 있습니다. 기업이 듣고 싶어 하는 말을 쉽고 명확하게 기술하지 않았기 때문입니다. 돈과 관련된 일을 할 때 우리는 먼저 관계 정립부터 분명히 해야합니다.

돈이 관계된 일이라면, 내가 돈을 주는 쪽인지, 아니면 받는 쪽인지를 먼저 생각해야 합니다. 우리에게는 "개같이 벌어서 정승같이 쓴다"라는 아름다운 속담이 있습니다. 여러분이 주는 쪽이라면 정승처럼 쓰면 됩니다만, 받는 쪽이라면 개같이 벌 필요는 없겠으나 철저하게 고객을 대하는 사장님의 마음으로 임해야 합니다. 취업은 여러분이 돈을 받는 쪽입니다.

정확히는 돈을 받는 쪽이 되기 위해 경쟁을 벌이는 거라고 할 수 있습니다. 그러므로 여러분은 먼저 회사라는 고객을 상대하는 사장님의 마음가짐을 지녀야 합니다.

사장님의 마음으로 보면 자기소개서를 '나잘났소개서'처럼 쓰면 안 되는 이유가 더욱 분명해집니다. 회사는 사면팔방으로 잘난 사람이 아니라 '딱 그 업무를 잘하는 사람'을 원하기 때문입니다. 이 말을 좀 더 적나라하게 풀면, '중상위권 대학을 졸업한 사람 가운데 조직 문화에 불만을 품지 않고 시키는 대로 영리하게 일을 해낼 수 있는 사람'이라고 할 수 있겠습니다. 그러므로 뽑히는 자기소개서를 쓰고 싶다면, 여러분이 바로 고객님이 원하는 그 사람이라는 사실을 적극적으로 드러내야 합니다.

✉ 자기소개서 별로 안 중요하다던데…

그런데 간혹 자기소개서가 서류 전형에 중요하지 않다고 말하는 분이 계십니다. 심지어 채용 컨설턴트 중에도 그런 말을 하는 분이 있습니다. 실제로 제가 취업을 준비하던 2010년

대 초반까지만 해도 서류 전형에서는 어차피 출신 학교와 학점, 토익 점수로 줄을 세우기 때문에 자기소개서를 열심히 쓸 필요가 없다는 말이 정설처럼 받아들여졌습니다. 어쩌면 이 컨설턴트도 본인이 취직을 준비하던 시절의 이야기를 하는 것인지 모르겠습니다. 왜냐하면 2017년에 블라인드 채용이 도입되면서부터 자기소개서는 그 어떤 스펙보다 중요해졌기 때문입니다.

블라인드 채용은 직무 역량만으로 직원을 선발하기 위해 만든 제도입니다. 따라서 그 외의 정보들, 예를 들어 출신 학교나 출신 지역, 지원자의 사진 같은 정보는 입력하지 못하게 해서 '블라인드' 채용이라고 불립니다. 일부 대기업에서는 외국어 성적이나 수상 경력, 심지어 인턴 이력과 해외 경험까지도 블라인드 처리를 합니다. 이런 상황을 조금이라도 인지하고 있다면 자기소개서가 채용에 미치는 영향이 적다는 말은 결코 할 수 없을 겁니다.

무엇보다 자기소개서는 면접 과정에서 절대적인 영향을 미칩니다. 심사위원들이 던지는 심층 질문의 토대가 되는 것이 바로 자기소개서이기 때문입니다. 따라서 면접을 대비하기 위해서라도 자기소개서를 쓰는 일을 결코 소홀히 해서는 안 됩니다. 답하기 곤란한 질문으로 이끌 만한 내용은 교묘히 피해 가면서도 여러분이 그 업무에 가장 적합한 인재임을 강조해야 합니다. 치밀한 전략적 글쓰기가 필요합니다.

✉ 모든 기업이 원하는 인재는?

대기업 채용팀장으로 오랫동안 근무했던 분의 말에 따르면, 매년 쓰는 채용 기획안 속 희망 인재 1순위는 언제나 이 사람이었다고 합니다.

'비즈니스에 지속적으로 기여할 수 있는 인재'[17]

기업은 이익집단입니다. 존재의 목적이 이윤 추구에 있습니다. 그 때문에 기업에서는 모든 가치가 돈으로 환산됩니다. 이런 특성을 염두에 두고 '비즈니스에 지속적으로 기여할 수 있는 인재'라는 말을 분석해보면, 두 가지 핵심 키워드를 발견할 수 있습니다. 첫째는 '비즈니스에 기여'이고, 둘째는 '지속적'입니다. 즉 회사에서 생각하는 인재란, ① 회사에 돈을 잘 벌어주고 ② 쉽게 그만두지 않을 사람을 의미합니다. 그런데 이 중 두 번째 말이 잘 와닿지 않을 겁니다. 지금은 30대 직원에게도 희망퇴직을 권고하는 시대이기 때문입니다.

앞에서 기업에서는 모든 가치가 돈으로 환산된다고 말씀 드렸습니다. 그렇다면 돈의 관점에서 기업은 신입사원을 어떻게 보고 있을까요? 답은 비용입니다. 정확히는 실무를 할 수 있을 때까지 돈을 들여 투자하는 대상으로 봅니다. 기업에서는 사람을 뽑으면 통상 3년은 훈련시켜야 실무를 할 수 있다고 생각합니다. 다시 말하면, 3년 차 직원까지는 회사에서 월급을 줘가며 교육을 시키는 '비용'으로 보는 겁니다. 문제는, 이렇게 비용을 들여 키운 직원들이 3년도 채 되기 전에 회사를 떠난다는 데 있습니다.

통계청에 따르면 청년층의 첫 직장 평균 근속기간은 2년이 채 되지 않습니다. 1년 반이 조금 넘는 수준입니다. 첫 직장을 2년 넘게 다니는 청년의 비율은 겨우 34퍼센트에 불과했습니다.[18] 그런데 같은 질문을 기업을 대상으로 했더니 수치가 더욱 적나라해집니다. 취업 플랫폼, 사람인에서 1,124개의 회사를 대상으로 1년 이내 조기 퇴사자가 있었는지를 물었더니 무려 85퍼센트의 회사가 '그렇다'고 답했습니다. 그중 3개월 이내에 그만둔 비율이 절반이나 된다고 합니다. '직무가 적성에 맞지 않다'는 이유에서였습니다.[19]

취업을 준비하는 입장이라면 이 상황을 기업의 입장에서 바라봐야 합니다. 실컷 비용을 들여 사람을 뽑아 가르쳐놨더니, 대다수가 투자금을 회수하기도 전에 회사를 떠납니다. 기업 입장에서는 막대한 손실이 아닐 수 없습니다. 특히 규모가 작은 회사일수록 신입사원의 조기 퇴사는 큰 부담으로 다가올 겁니다. 사정이 이러하니 채용 과정에서 지원자의 조기 퇴사 가능성을 판별해내는 일이 무엇보다 중요해질 수밖에 없습니다. 따라서 뽑히는 자기소개서를 쓰고 싶다면, 아래 두 가지를 강조하기 바랍니다.

첫째, 이 업무는 나와 아주 잘 맞는다.

둘째, 나는 절대 도망가지 않는다.

이를 좀 더 격식 있게 표현하면 다음과 같습니다.

첫째, 나는 이 직무에 적합한 역량을 지닌 사람이다.

둘째, 나는 이 조직의 문화를 적극적으로 수용할 수 있는 사람이다.

즉 직무 적합성과 조직 적응력, 이 두 가지가 자기소개서의 핵심 키워드라고 할 수 있습니다. 특히 적응력은 기업에서 매우 중요하게 여기는 가치입니다. 잠시 라떼 이야기를 해드리면, 제가 한창 원서를 쓰던 2010년대 초반에는 일선 회사에서 서울대 출신을 꺼린다는 말이 있었습니다. 초일류 대학을 나온 학생들이 기업 문화에 잘 적응하지 못한다는 편견이 강했기 때문입니다.

아무리 역량이 뛰어난 사람이라도 조직 문화에 적응하지 못하면 조기 퇴사를 할 가능성이 커지고, 이는 막대한 비용 손실로 이어집니다. 결과적으로 회사 입장에서는 신입사원의 조직 적응력이 학벌보다 더 중요해질 수밖에 없는 겁니다. 블라인드 채용이 이토록 빠르게 보편화된 것도 이와 무관하지 않을 거라고 생각합니다. 따라서 자기소개서를 쓸 때는 여러분이 얼마나 친화력이 있고, 얼마나 팀워크가 좋은 사람인지를 적극적으로 드러내야 합니다. 그럼 지금부터 '고객 맞춤형' 자기소개서 작성을 위한 다섯 가지 전략을 소개해드리도록 하겠습니다.

✉ 맞춤형 자기소개서를 위한 5대 전략

자기소개서가 채용 과정에서 결정적인 역할을 하는 때가 바로 면접이라고 말씀드렸습니다. 어느 정도 체계를 갖춘 회사라면, 면접은 채용부서에서 마련한 평가 기준에 따라 '구조적 평가'를 진행합니다. 물론 이 기준을 적용할 수 없는 몇몇 놀라운 합격 사례들이 전설처럼 내려오고 있기는 하지만, '나는 이 전설을 잇는 사람이 아니다'라고 생각하는 것이 합격의 가능성을 높이는 길입니다. 그랬을 때 지금부터 여러분이 해야 할 일은 평가 기준에 어떤 항목이 들어가 있을지를 추론하는 겁니다. 다행히 힌트가 있습니다. 바로 기업에서 제공한 직무 기술서와 기업의 인재상입니다. 이 힌트들을 어떻게 활용해야 뽑히는 자기소개서를 쓸 수 있는지 하나하나 짚어드리도록 하겠습니다.

전략 1. 스토리텔링하기

먼저 채용 공고와 회사 홈페이지에 올라온 업무 소개 글을 통해 회사에서 원하는 '직무 역량'을 파악하기 바랍니다. 아울러 회사 인재상도 확인하기 바랍니다. 이 역시 회사 홈페이지에서 확인할 수 있습니다. 이제 이 힌트들을 적절히 조합해 여러분의 직무 적합성과 조직 적응력을 적극적으로 홍보하는 글을 써볼 겁니다. 그러나 채용 공고문이나 인재상에 나온 단어를 그대로 가져다 쓰는 것은 별로 좋은 생각이 아닙니다.

심사위원 스스로 인재상의 단어를 연상할 수 있도록 하나의 이야기를 만들어 쓰는 것이 훨씬 효과적인 방법입니다.

이런 스토리텔링 방식의 글쓰기는 미국의 STAR 기법과 유사한 측면이 있습니다. STAR 기법이란, 상황Situation, 과업Task, 행동Action, 결과Result, 네 단어의 앞글자를 따서 만든 용어로 미국 매사추세츠공과대학MIT과 카네기멜런대학이 대기업 채용을 위해 만든 글쓰기 전략입니다. 말 그대로 어떤 상황에서, 어떤 과업을, 어떻게 수행해서, 어떤 결과를 냈는지를 구체적으로 설명하는 글쓰기입니다.

그러나 이런 방식으로 자기소개서를 쓰면 '나잘났소개서'가 될 가능성이 큽니다. 이에 반해 스토리텔링 방식의 글쓰기는 적절한 에피소드를 통해 자신의 직무 적합성을 자연스럽게 드러낸다는 장점이 있습니다. 또 인재상이나 직무 기술서에 나온 말들을 직접 언급하지 않고도 심사위원들에게 그런 인상을 심어줄 수 있어 훨씬 효과적입니다.

가장 흔하게 마주치는 자기소개서 질문, "어려운 일을 극복한 경험을 쓰시오"로 예를 들어보겠습니다. 먼저 회사 홈페이지에 들어가 인재상을 찾아봤더니 '인간관계 능력이 뛰어난 사람'이라고 돼 있습니다. 그렇다면 여러분은 자신의 친화력을 돋보이게 하는 방향으로 스토리텔링을 해야 합니다. 이런 식으로 말입니다.

○○회사 △△팀에서 인턴을 할 때 우리 부서에서 가장 깐깐한 대리님께 업무를 배우게 됐습니다. 전에 있던 인턴 2명이 모두 한 달도 안 되어 일을 그만뒀던 터라 다들 저도 곧 그만둘 거라고 생각했습니다.

그러나 저는 보란 듯이 6개월간의 인턴 기간을 무사히 마쳤고 대리님과는 지금도 안부를 물으며 각별하게 지내고 있습니다. 그 비결을 궁금해하는 분들이 많았는데, 아마도 대리님보다 몇 배는 더 엄격한 부모님 밑에서 자란 영향일 거라고 생각합니다. 그 덕에 대리님의 업무 방식이 별로 억압적으로 느껴지지 않았고 오히려 의사소통에 혼란이 없어서 좋았습니다.

물론 처음에는 쉽지 않았습니다. 인사도 안 받아주시고 업무 질문을 드리는 것도 언짢아하셔서 늘 살얼음판을 걷는 기분이었습니다. 그러다 문득 일이 바빠서 웃는 날이 적으셨던 부모님을 떠올리니 대리님의 상황이 조금은 이해가 됐습니다. 안 그래도 회사 일이 바쁜데 인턴까지 챙

겨야 하니 혹이 하나 늘었다고 느끼셨을 것 같았습니다.

그날 이후 '혹은 되지 말자'라는 생각으로 식사 메뉴 준비부터 주변 청소까지, 사소한 일부터 열심히 챙기기 시작했습니다. 그렇게 일주일쯤 지난 후 대리님이 지나가는 말로 "어디서 똘똘한 막내가 하나 들어왔네"라고 하셨을 때 저는 과 대표로 졸업장을 받았을 때보다 더 기뻤습니다.

그날 이후 대리님은 제게 업무도 잘 설명해주시고, 가끔은 인생에 대한 조언도 해주셨습니다. 비록 나이는 저보다 어리지만, 사회생활에 있어서는 하늘 같은 선배인 대리님께 잘 배운 덕에 앞으로 어떤 선배님을 만나더라도 잘 적응하면서 제가 가진 역량을 마음껏 발휘할 수 있을 거라고 생각합니다.

실제 여러분이 만났던 대리님은 그보다 더 서글서글할 수 없고, 부모님 역시 자상하기 이를 데 없는 분들이라고 하더라도 스토리텔링을 할 때는 기업 인재상에 맞춰 캐릭터를 만들고 내용을 각색해야 합니다. 이렇게 이야기를 풀면 "저는 인간관계 능력이 뛰어난 사람입니다"라고 직접 말하는 것보다 훨씬 더 그런 사람이라는 인상을 심어주기 때문입니다. 또 팀워크나

의사소통 능력 등 연관된 평가 항목에서도 높은 점수를 받을 수 있습니다.

다만 한 가지 주의해야 할 사항은 회사 이름, 인턴 기간, 수행 프로젝트 같은 핵심 경력과 관련된 내용은 반드시 사실 그대로 작성해야 한다는 점입니다. 사실과 다르게 경력을 꾸며 쓰는 것은 스토리텔링이 아니라 경력 사칭입니다. 채용되더라도 나중에 입사 취소를 당할 수도 있습니다. 따라서 서류로 증빙이 가능한 핵심 이력에 대해서는 반드시 사실대로 기재하기 바랍니다.

그러나 그 외의 요소에 대해서는 기업의 선호에 맞춰 스토리텔링을 할 수 있어야 뽑힐 확률이 높아집니다. 한때 자기소개서를 쓰는 방법이라면서 맥도날드 드라이브 스루에서 아르바이트를 한 경험을 이렇게 쓴 글이 화제가 된 적이 있습니다. "저는 서비스 업계에서 200억 달러의 수익을 창출해내는 한 다국적 기업의 관계자였습니다. 그 안에서 자동차 산업과 협력하는 일을 했습니다." 웃자고 한 이야기겠지만, 이 안에 스토리텔링 전략의 핵심이 어느 정도 반영돼 있다고 봅니다. 바로 지원자는 기업이 원하는 방향으로 이야기를 구성할 줄 알아야 한다는 겁니다.

이렇게 기업의 선호에 맞춰 자기소개서를 쓰는 것을 단순히 거짓말을 한다고 생각하면 곤란합니다. 거듭 말씀드리지만, 취업을 준비할 때 우리는 기업이라는 고객을 상대하는 자영업자 사장님이나 다름없습니다. 이 많은 경쟁자 가운데서 기업이 여러분의 노동력을 선택하게 하려면 고객의 구미가 당기도록 자신을 소개하는 능력이 필요합니다. 그게 많은 기업에서 말하는 창의력이고 분석 능력이고 전략적 사고 능력입니다. 자기소개서에서부터 그 능력을 보여주기 바랍니다.

전략 2. 직무 역량 드러내기

기업이 자기소개서에서 던지는 질문은 대체로 정형화돼 있습니다. 주로 지원 동기, 성장 과정, 성격의 장단점, 위기 대처 경험, 미래 비전 등을 물어봅니다. 각각의 질문을 통해 기업이 확인하고자 하는 가치를 분석해보면, 크게 다음의 세 가지로 분류됩니다.

- 지원 동기, 팀워크 경험, 위기 대처 경험 → 직무 적합성
- 성장 과정, 성격의 장단점 → 친화력
- 미래 비전, 포부 → 성장 가능성

따라서 여러분은 각각의 질문에서 기업이 요구하는 가치를 공유하고 있다는 사실을 분명하게 보여주기 바랍니다. 동시에 직무 역량도 갖추고 있다는 점을 스토리텔링을 통해 구체적으로 드러내야 합니다. 직무별로 요구되는 필수 역량을 아래와 같이 정리하였으니 이 단어들을 키워드처럼 활용하여 더욱 설득력 있는 자기소개서를 쓰기 바랍니다.

- 경영: 기획력, 분석 능력, 의사소통 능력, 전략적 사고, 판단력
- 인사: 대인관계 능력, 응대 능력, 설득력, 기획력
- 재무/회계: 재무, 회계, 세무, 경제 관련 지식, 논리력
- 영업: 대인관계 능력, 의사소통 능력, 분석력, 추진력, 외국어 능력
- 마케팅/홍보: 트렌드 감수성, 마케팅 지식, 창의력, 의사소통 능력, 글쓰기 능력
- 생산/기술: 현장 지식, 의사소통 능력, 분석력

전략 3. 심사위원 입장에서 쓰기

세 번째 전략은 모든 글쓰기에 적용되는 것이기도 합니다. 바로 독자가 어떤 환경에서 글을 읽을지를 미리 생각해보는 겁니다. 내 글이 주로 모바일 앱으로 읽히는지, 아니면 종이책으

로 소비되는지에 따라서도 문장의 호흡이 달라집니다. 독자의 편의를 고려하면 그만큼 더 많은 사람이 읽기 마련입니다. 특히 자기소개서처럼 독자가 정해져 있는 글이라면 읽는 사람의 편의를 고려하는 것이 무엇보다 중요합니다.

심사위원들은 제한된 시간 안에 수많은 자기소개서를 읽어야 합니다. 대기업의 경우, 한 명의 심사위원이 하루 동안 검토하는 자기소개서의 수가 100개에 달한다고 합니다. 스트레스가 매우 큰 독서 환경일 수밖에 없습니다. 그래서 여러분의 독자는 어떻게든 빨리 읽기 작업을 끝내고 퇴근하고 싶어 할 겁니다. 고과에 직접 반영되지도 않는 업무로 야근하는 것처럼 억울한 일은 없기 때문입니다. 그래서 심사위원은 자기소개서의 앞부분만 쓱쓱 훑어서 '적당해 보이는 것'들을 대충 추리려고 할 겁니다. 그러므로 여러분은 심사위원이 대강 읽어도 '적당해 보일 수 있도록' 자기소개서의 형식을 갖춰야 합니다. 어렵지 않습니다. 두 가지만 갖춰주면 됩니다.

형식 1. 소제목 사용하기

만일 자기소개서 첫머리에 평가 항목과 연관된 단어가 눈에 띈다면 심사위원들은 단번에 이 지원자를 '적당한' 후보로 분류할 것입니다. 예를 들어 '리더십' 항목의 점수를 매겨야 하는데 첫 문장부터 동아리 회장, 학생회장, 하다못해 조장이라는 단어가 포함돼 있다면, 여러분은 심사위원들이 글을 더 읽어야 할 수고를 덜어주는 겁니다.

그런데 그보다 더 효과적인 방법이 바로 소제목을 다는 겁니다. 평가 항목에 있을 법한 단어를 조합해 소제목을 작성하면 심사위원에게 필요한 정보를 즉시 줄 수 있습니다. 또한, 소제목을 문단별로 달면 글을 다 읽지 않고도 내용을 쉽게 파악할 수도 있어 심사위원의 채점시간을 크게 아낄 수 있습니다.

소제목은 앞서 정리한 직무별 필수 역량을 직접 인용해 작성하면 됩니다. 예를 들어 여러분이 경영부서에 지원한다면 위기 대처 경험을 묻는 문항에 '기획력과 추진력으로 극복한 복학 슬럼프' 식으로 소제목을 작성할 수 있습니다. 만일 영업부서에 지원한다면 '남다른 친화력으로 만든 기회' 혹은 '눈치왕, 소통 왕, 팀워크의 왕!' 식으로 소제목에서부터 필수 역량을 직접 드러내는 것이 좋습니다.

형식 2. 두괄식으로 쓰기

두 번째로, 두괄식으로 작성해야 합니다. 자기소개서는 자신의 역량을 노골적으로 드러내기 때문에 필연적으로 자기 자랑 글이 될 수밖에 없습니다. 이런 글을 100개씩 읽는다는 것은 상상 이상의 고역일 겁니다. 그러므로 심사위원들이 여러분의 글을 끝까지 읽을 거라는 생각은 일찌감치 버리는 게 좋습니다. 즉 중요한 내용을 결말 부분에서 '짜잔' 하고 꺼내는 것은 금물입니다. 반드시 두괄식으로 작성하기 바랍니다. 예를 들어 영업부서를 지원하는 경우, 성격적 특성을 묻는 질문에 이런 식으로 답하는 것이 좋습니다.

네트워크의 왕으로 불리운 인턴

"노파 씨가 인턴들 사이에서 네트워크 왕이라며?" 인사팀 대리님이 말을 건넬 때 저는 대리님께서 뭔가 따로 하실 말이 있다는 것을 바로 눈치챘습니다. 아마 인사팀 인턴 때문일 겁니다. 그 인턴분은 도통 말수가 없어서 인턴들 사이에서도 소통이 안 되기로 유명했습니다. 그런데 저하고는 이야기를 나누니, 대리님께서 저를 통해 뭔가 어려운 말을 전달하시고 싶었던 것 같습니다. 저는 넉살 좋게 선약이 없으면 함께 점심을 드시자고 먼저 청했습니다.

눈치 왕, 소통 왕, 팀워크의 왕!

한낱 인턴인 제가 네트워크의 왕으로 불릴 수 있었던 이유는 이런 빠른 눈치와 특유의 넉살 덕분입니다. 그 덕에 어렸을 때부터 반장을 도맡아 했고 대학에서도 조별 과제를 할 때면 조장은 늘 제 몫이었습니다. 눈치가 빨라 조원들 사이에 갈등의 조짐이 보이면 바로 알아차렸고, 넉살 좋게 늘 먼저 다가가서 소통했기 때문입니다.

조별 활동을 더 좋아하는 수상한 MZ 세대

사실 MZ 세대들은 대부분 혼자 자란 탓에 팀 활동이라면 일단 손사래를 치고 보는 경우가 많은데, 저는 오히려 조별 활동을 더 좋아합니다. 각자가 가진 다양한 욕구를 파악해 적절하게 연결해주는 교량 역할을 할 때면 제가 세상에 꼭 필요한 사람이 된 것 같기 때문입니다.

XX 회사 1호 영업 왕, 김노파

만일 △△회사에 입사하는 기회를 얻게 된다면, 제가 가진 이런 성격적 장점을 잘 활용해 고객의 니즈와 회사의 이익을 정확히 연결하는, 우리 회사 1호 영업 왕이 되겠습니다.

이렇게 제목에 '네트워크', '소통', '팀워크'라는 말을 직접 언급하면 심사위원이 아무리 빠르게 훑어도 평가 항목의 단어들은 쉽게 눈에 띌 수 있습니다. 또 스토리텔링 과정에서 '눈치', '넉살', '조별 활동', '교량 역할' 등 의사소통 능력과 관련된 단어들을 다양하게 사용하면 여러분의 친화력과 팀워크 역량을 자연스럽게 강조할 수 있습니다. 당연히 연관 항목에서도 좋은 점수를 받게 될 겁니다.

전략 4. 자기소개서에 쓰지 말아야 할 것들

지금까지는 써야 하는 것들에 대해 말씀드렸는데, 자기소개서에는 쓰지 않아야 합격의 가능성을 높이는 것도 있습니다. 지금부터 뽑히는 자기소개서가 되기 위해 쓰지 말아야 할, '빼기 목록'에 대해 말씀드리겠습니다.

먼저, 여러분이 쌓은 모든 경험을 열거하지 않기 바랍니다. 자기소개서에는 자잘한 단기 아르바이트 경험이나 단기 여행 경험은 기술하지 않는 것이 좋습니다. 중요한 경험으로 가야 할 관심이 분산되기 때문입니다. 단, 단기 아르바이트라도 30

개씩 하다 보니 이제는 고객의 눈만 봐도 마음을 읽을 수 있는 경지에 다다르게 됐다는 이야기라면, 그 자체로 중요한 경험이라고 할 수 있습니다. 이런 경우가 아니라면, 굵직한 인턴 경험이나 3개월 이상의 해외 경험과 같이 가장 중요한 경험 한두 개에 집중하기 바랍니다. 즉 경험에 우선순위를 둬야 합니다. 그래야 심사위원의 시선을 여러분이 강조하고 싶은 경험에 집중시킬 수 있습니다.

둘째, 미래 비전이나 포부를 묻는 질문에 너무 솔직하게 답하지 않기 바랍니다. 물론 여러분의 미래 계획이 회사의 이익에 부합한다면 괜찮습니다만, 사내 복지 제도를 활용해 박사학위나 MBA를 취득하려는 계획을 갖고 있다면 이를 자기소개서에까지 쓸 필요는 없습니다. 아무리 그러라고 있는 복지 제도라지만, 기업 입장에서는 들어오기도 전에 회삿돈으로 자기계발을 하려는 지원자가 탐탁지 않게 보일 것이기 때문입니다.

"현장 경험과 이론을 겸비한 마케팅 전문가가 되어 회사 발전에 기여하겠다"라든가, 아니면 "직원들의 욕구와 회사의 이익을 동시에 충족시킬 수 있는 인사 전문가가 되겠다" 같은, 모두가 고개를 끄덕일 수 있는 선에서 답을 하는 것이 좋습니다. 거듭 말씀드리지만, 기업은 여러분의 꿈을 이뤄주는 구원자가 아닙니다. 그저 최상의 노동력을 구매하려는 구매자일 뿐입니다. 이런 명확한 관계 설정이 있어야 기업의 시각에서 매력적인 자기소개서를 쓸 수 있습니다.

셋째, 앞에서 이어지는 맥락으로, 모든 문항에 솔직하게 답해야 한다는 생각을 버리기 바랍니다. 자기소개서는 철저하게 고객 지향적인 글입니다. 모든 내용이 고객이 원하는 방향으로 서술돼 있어야 여러분의 글이 뽑힐 가능성이 올라갑니다.

'네트워크의 왕으로 불리운 인턴'의 경우를 예로 들면, 여러분은 실제로 그런 호칭으로 불린 적도 없고, 인사팀 대리님이 여러분을 찾아온 적도 없으며, 실은 그 대리님이 자기 팀 인턴 흉을 보는 것을 우연히 들은 게 전부라면, 이 내용을 솔직하게 썼다가는 여러분의 자기소개서가 뽑힐 가능성은 없다고 보는 게 좋습니다.

뽑히는 자기소개서를 쓰고 싶다면 핵심 경력과 서류로 증빙되는 구체적인 사실 외에는 전부 여러분의 역량을 강조하는 글감으로 활용할 수 있어야 합니다. 그것이 스토리텔링 전략의 핵심입니다. 성공적인 자기소개서를 위해 전략적으로 쓰기 바랍니다.

전략 5. 퇴고하기

마지막 전략은 모든 글쓰기에 적용되는 가장 중요한 원칙이기도 합니다. 글을 다 썼다면 반드시 퇴고하기 바랍니다. 회사 이름이 제대로 기재돼 있는지, 부서는 바르게 적혀 있는지, 직무 역량과 인재상이 문단 앞부분에 잘 서술돼 있는지 등을 두 번 세 번 확인하기 바랍니다.

기본적인 문법을 점검하는 것도 중요합니다. 주술 호응은 잘 이뤄져 있는지, 오탈자는 없는지 등을 꼼꼼하게 퇴고하기 바랍니다. 아무리 다섯 가지 전략을 잘 활용해 자기소개서를 썼다고 해도 글쓰기의 기본이 안 돼 있다면 심사위원에게 좋은 인상을 주기 어렵습니다.

그러나 자신이 쓴 글의 실수는 잘 보이지 않는 법이니 주변에 믿을 만한 사람에게 자기소개서를 한 번 읽어봐달라고 하면 더욱 효과적으로 퇴고할 수 있습니다. 자세한 퇴고 방법은 2장과 4장에 상세하게 설명해두었으니 꼭 확인하기 바랍니다. 여러분의 성공적인 입사를 기원합니다:)

보고서는 이것만 기억하면 됩니다

✉ 정보 글과 감성 글

    글은 통상적으로 문학과 비문학으로 분류하는데, 이는 글쓰기에서는 썩 좋은 분류가 아닙니다. 문학 이외에 다양한 글을 전부 비문학으로 한데 뭉뚱그려놓기 때문입니다. 분류가 제대로 돼 있지 않으면 적절한 글쓰기 방법을 적용하기도 어렵습니다.

    그래서 저는 글을 목적에 따라 크게 정보 글과 감성 글로 분류합니다. 정보 글은 말 그대로 정보를 주려는 의도로 쓴 글을 말하고, 감성 글은 감성을 표현하려는 의도로 쓴 글을 말합니다. 우리가 학교나 회사에서 역량을 평가받기 위해 쓰는 리포트, 논문, 보고서나 기획안은 전형적인 정보 글입니다. 앞서 설명한 자기소개서도 자신에 대한 정보를 준다는 점에서 정보 글에 속합니다.

이렇게 정보 글은 사회생활, 나아가 생계와 연관된 글이기 때문에 잘 쓰는 방법을 알면 어디서도 좋은 평가를 받을 수 있습니다. 다행히 감성 글과 달리 정보 글은 몇 가지 작성 포인트만 알면 누구나 잘 쓸 수 있습니다. 그럼 지금부터 역량 있는 생활인으로 거듭나기 위해 가장 대표적인 정보 글인, 보고서를 잘 쓰는 방법에 대해 말씀드리겠습니다.

 ## 형식의 미학, 보고서

어려운 이야기를 꺼내서 죄송합니다만, 보고서를 잘 쓰는 법을 말하기에 앞서 잠시 랑그Langue와 파롤Parole에 대해 말씀드리겠습니다. 이 이상한 용어는, 구조주의 언어학의 창시자인 소쉬르가 정립한 언어의 주요 개념입니다. 랑그는 언어의 공통된 규칙의 측면을 의미하고, 파롤은 사람마다 구체적으로 발화하며 달라지는 측면을 의미합니다.

글쓰기도 랑그와 파롤처럼 형식과 내용의 측면으로 나눠 설명할 수 있습니다. '글의 형식'은 공통된 규칙을 가진 일종의 사회적 약속이고, '글의 내용'은 그 형식 안에서 사람마다 다르게 표현하는 것들을 말합니다. 이 중 내용에 방점을 둔 글이 감성 글이고 형식에 방점을 둔 글이 정보 글입니다.

따라서 보고서를 쓸 때는 내용도 중요하지만, 형식을 놓쳐서는 안 됩니다. 그러나 어느 한 측면에 방점을 뒀다고 해서 다른 측면이 중요하지 않다는 뜻은 아닙니다. 형식에 중점을 두는 이유 역시 결국 내용을 잘 전달하기 위해서입니다.

그러므로 보고서를 작성할 때는 은유나 비유 같은 문학적인 수사는 최대한 자제하고 명확한 내용 전달에 중점을 두기 바랍니다. 마치 소시오패스가 된 것처럼 감정은 최대한 배제한 채 문제 분석과 원인 파악, 그리고 해결책 제시에 집중하기 바랍니다. 또 핵심 내용이 한눈에 들어올 수 있도록 단문을 사용하고 두괄식으로 구성해야 합니다. 이 정도 형식만 갖춰도 여러분은 보고서의 달인이 될 수 있습니다.

글의 형식이 서론, 본론, 결론으로 이뤄져 있다면 글의 내용은 '질문'과 '답하기'로 이뤄져 있습니다. 앞서 모든 글쓰기는 질문에 자신만의 답을 쓰는 일이라고 말씀드렸습니다. 보고서도 마찬가집니다. 문제가 되는 상황(질문)에 여러분만의 해결책(답)을 제시한 글이 보고서입니다. 만일 여러분의 해결책이 회사를 설득할 수 있을 만큼 충분한 근거가 뒷받침돼 있다면, 이 보고서는 잘 쓴 보고서라고 할 수 있습니다.

다만 보고서가 다른 글쓰기와 한 가지 다른 점이 있다면 질문을 던지는 사람이 여러분이 아니라 여러분의 상사라는 점입니다. 예를 들어 보고서는 주로 이런 상황에서 쓰게 됩니다.

#S1. 방송국 제작본부 / 오후

부장　　(밥 먹다 말고) 자기, 요즘 프로그램 시청률 좀 나와?

피디　　(긴장해서) 초반에 아이돌 나올 땐 반짝하더니, 다시 흘러내리네요….

부장　　(짐짓 아무렇지 않은 척) 뭘 좀 해봐야지?

피디　　그게, 요즘 애들은 다 유튜브나 넷플릭스를 봐서

	(목소리 죽어가는) 어쩔 수 없는 측면이 좀 있어요….
부장	(보며) 그럼 애들이 좋아할 만한 걸 좀 해보든가.
피디	그래서 저번에 아이돌을 섭외한 건데, 매번 섭외하기에는 너무 비싸고…. 그렇다고 유튜브처럼 막장으로 할 수도 없고…. (머쓱하게 웃는다)
부장	그래? 그럼 방금 말한 거 있잖아?
피디	네….
부장	조금만 더 디벨롭develope해서 보고서로 써와.
피디	네…?
부장	안 그래도 사장님이 시청률 분석 보고서 갖고 오라는데, 방금 말한 게 딱 그거네. 너무 열심히 쓰진 말고, 방금 말한 거랑 몇 개 더 넣어서 간단하게 써봐. 알았지? 간단하게!

방송국에서 종종 일어나는 일인데, 다른 회사에서도 별반 다르지 않을 거라고 생각합니다. 이렇게 보고서는 상사와 이야기를 나누다가 갑작스럽게 쓰게 되는 경우가 많습니다. 그래서 다들 부장님은 일단 피하고 보는 것 같습니다.

그러나 부장님 말을 안 들을 수는 없고, 그렇다고 정말 오늘 나온 이야기만 썼다가는 반항하냐는 말을 듣기 십상입니다. 하지만 공을 들여 쓰자니 본업에 쏟을 시간도 모자랍니다. 이런 난감한 상황에 처한 여러분들을 위해 보고서를 빨리, 효율적으로 쓰는 방법을 알려드리겠습니다. 거듭 말씀드리지만 보고서는 결코 쓰기 어려운 글이 아닙니다.

✉ 보고서의 구성

글은 질문과 답하기로 이뤄졌다고 말씀드렸습니다. 마침 질문(문제 상황)은 부장님께서 던져주셨으니 여러분은 답만, 즉 해결책만 제시하면 됩니다. 그런데 보고서는 다른 정보 글과 달리 문제와 해결책 사이에 한 가지 과정이 더 필요합니다. 바로 원인 분석입니다. 해결책은 문제를 일으킨 원인을 제거하는 방법을 말하는 것이므로 원인 분석이 선행돼야 여러분의 해결책에 설득력이 생깁니다. 즉 보고서란, 문제를 파악하고 원인을 분석해서 해결책을 제시하는 글이라고 할 수 있습니다.

그러나 이 세 가지 내용을 전부 담아서 보고서를 작성해도 부장님이 화를 내시는 경우가 있습니다. 부장님은 아마 이렇게 말씀하실 겁니다. "대체 이걸 어떻게 보라는 거야?" 앞서 말씀드린 대로 정보 글은 형식에 방점이 찍힌 글입니다. 특히 보고서가 그렇습니다. 내용이 다 들어가 있어도 형식이 갖춰지지 않으면 잘 쓴 보고서라고 하기 어렵습니다. 그럼 지금부터 부장님이 절대 화를 내지 못할, 보고서 형식의 3원칙에 대해 말씀드리겠습니다.

보고서 형식의 3원칙

형식 원칙 1. 한 장짜리 요약문은 필수입니다

드라마 공모전에 응모하려면 단막극을 썼든, 16부작 미니시리즈를 썼든, 반드시 시놉시스를 같이 내야 합니다. 시놉시스는 전체 극본의 내용을 한 장 안에 담은 요약문을 말합니다. 지금은 시놉시스에 기획 의도와 인물 소개, 회당 줄거리까지 더한 글 전체를 가리켜 시놉시스라고 하지만, 원래는 한 장 이내로 작성한 드라마의 개요를 뜻하는 말입니다. 원고를 쓰기도 바쁜데 이런 요약문까지 쓰라고 하는 이유는 두 가지입니다.

첫 번째 이유는 심사위원이 지원자들의 극본을 다 읽을 만한 시간적 여유가 없기 때문입니다. 한 번 공모전을 열면 수백에서 수천 명의 지원자가 참여하는데, 16부작 미니시리즈 하나만 해도 대본 분량이 600페이지에 달합니다. 물론 통상 3부까지만 제출하지만, 그것만 해도 100페이지가 넘습니다. 즉 지원자들의 극본을 기한 안에 모두 읽는다는 것은 물리적으로 불가능한 일입니다. 게다가 공모전의 심사위원도 여러분의 부장님만큼이나 바쁘신 분들입니다. 그래서 시놉시스를 보고 극본을 더 읽을지 말지를 결정합니다. 즉 한 장짜리 요약문으로 극본 전체의 상품성을 가늠하는 겁니다.

두 번째 이유는 작가가 분명한 주제의식을 갖고 극본을 썼는지를 확인하기 위해서입니다. 자신이 쓴 글을 한 장으로 요약할 수 없다면 글의 핵심을 제대로 파악하고 있지 못하는 것이나 다름없습니다. 주제의식이 선명하다면, 전체 내용을 한 장이 아니라 한 줄로도 요약할 수 있어야 합니다. 그래서 시놉시스 앞에 로그라인을 씁니다. 로그라인은 드라마의 전체 내용을 한 줄로 요약한 문장을 말합니다. 만일 로그라인의 내용이 선명하지 않다면, 이 두꺼운 극본에는 방향을 잃은 말들만 빽빽하게 적혀 있을 가능성이 큽니다. 자신이 쓴 글을 한마디로 설명할 수 없는 사람이 백 마디, 천 마디의 말을 일관된 주제로 풀어내기란 어렵기 때문입니다.

보고서도 마찬가지입니다. 보고서의 전체 내용을 한 장으로 요약할 수 없다면, 자신이 쓴 내용을 정확히 이해하지 못한 것이나 다름없습니다. 즉 요약문은, 이 보고서가 일관된 주제로 작성돼 있고, 작성자는 그 핵심 내용을 정확하게 파악하고 있음을 보여주는, 일종의 품질 보증서라고 할 수 있습니다.

또 요약문은 시놉시스처럼, 바쁜 독자를 배려하는 역할을 하기도 합니다. 보고서의 독자는 부장님이나 사장님으로 특정돼 있습니다. 이분들은 10분마다 전화벨이 울리고 시도 때도 없이 방문객이 들이닥치는 분주한 일상을 삽니다. 독자의 이런 바쁜 일상을 배려해 요약문만 읽어도 보고서의 전체 맥락을 파악할 수 있도록 하는 것은 두루두루 좋은 일입니다. 독자는 시간을 절약할 수 있고, 여러분은 나중에 따로 또 설명해드려야 하는 불상사를 막을 수 있기 때문입니다.

요약문을 작성할 때는 보고서의 핵심 내용을 한눈에 파악할 수 있도록 문제 상황과 해결책, 그리고 주요 근거를 중심으로 쓰기 바랍니다. 또 요약문 첫 줄에 보고서의 핵심 주장을 로그라인처럼 제시하면 요점을 더 분명하게 전달할 수 있습니다. 예시 상황의 경우, 요약문 첫 줄에 "중장년을 잡아야 산다" 혹은 "MZ 세대라는 환상에서 벗어나야 한다" 식으로 핵심 주장을 드러내면 보고서의 내용을 더욱 선명하게 각인시킬 수 있습니다.

형식 원칙 2. 구성은 두괄식으로!

보고서를 쓸 때도 중요한 내용을 먼저 쓰기 바랍니다. 대부분의 정보 글이 그러하듯 핵심 내용을 소중하게 아껴났다가 마지막에 '짠!' 하고 보여주는 것은 금물입니다. 거듭 말씀드리지만, 보고서의 독자는 세상에서 가장 바쁜 사람입니다. 앞의 몇 줄만 읽고도 글의 핵심을 짚을 수 있도록 구성하기 바랍니다. 예를 들어 첫 문장에서 문제 상황을 언급했다면, 두 번째 문장에서는 문제의 원인이 아닌 해결책을 제시하는 게 좋습니다. 원인은 그다음에 알아도 되는 내용이기 때문입니다. 예시 상황의 경우, 이런 식으로 보고서를 구성할 수 있습니다.

• 방송 4주 차에 접어들었는데도 시청률이 반등을 못 하고 있다.

- 시청률 재고를 위하여 아이돌 '노파'를 보조 진행자로 투입할 것을 제안한다. [해결책 제시]

- 현재 출연진이 중년의 전문가와 연기자로만 구성돼 있어 1020 시청자 유입이 저조하기 때문이다. [원인 분석]

- 지난 특집 방송 때 '노파'가 보조 진행자로 출연했더니 전주 대비 시청률이 5퍼센트가량 상승했다. [근거 제시]

- '노파'를 고정으로 출연시키면 MZ 세대 시청자층의 유입으로 안정적인 시청률 견인이 예상된다. [기대 효과]

형식 원칙 3. 문장은 한 줄 이내로!

정보 글에서 따라야 할 문장의 원칙은 간단합니다. 바로 '한 줄을 넘기지 않는다'입니다. 문장은 생각입니다. 생각이 한 줄을 넘어가면 문장이 꼬이기 쉽습니다. 독자들 또한 문장이 길어지면 저자의 생각을 놓치기 일쑤입니다. 여러분이 보고 계시는 이 글도 '한글' 기본 환경 기준, 한 줄이 넘어가는 문장은 거의 없습니다. 분명한 내용 전달을 위해 간결한 문장은 필수입니다. 한 줄 이내로 쓰려는 의식적인 노력을 기울이기 바랍니다.

지금까지 보고서 형식의 3원칙을 말씀드렸습니다. 정리하면, ① 맨 앞에 한 장짜리 요약문을 붙이고, ② 두괄식으로 구성하고, ③ 문장은 한 줄 이내로 쓰면 됩니다. 간단합니다. 그럼 이제부터는 형식 원칙보다 더 간단한, 보고서 내용의 4원칙에 대해 말씀드리겠습니다.

보고서 내용의 4원칙

내용 원칙 1. 고객의 입맛에 맞춰 구성할 것

기업의 '메이크 앤 셀Make & Sell' 전략, 즉 '우리는 만들 테니 당신들은 사시오' 방식은 지난 세기의 마케팅 전략입니다. 지금은 물건 하나를 팔더라도 고객의 욕구를 감지해 부응하는, '센스 앤 리스폰드Sense & Respond' 전략이 통용되는 시대입니다.

그런데 글쓰기에서는 여전히 '나는 쓸 테니 당신은 읽으시오' 식의 태도가 자주 보입니다. 글도 하나의 상품입니다. 내용에 있어서 한 치의 물러섬이 없다는 소설가조차 본인이 원하는 대로만 글을 쓰지는 않습니다. 자신이 쓰고 싶은 것과 독자들이 읽고 싶은 것 사이에 균형을 맞추기 위해 치열한 고민을 합니다. 글은 독자가 읽어줄 때 비로소 의미를 가지기 때문입니다.

그러니 정보 글을 쓸 때는 더더욱 '센스 앤 리스폰드' 전략을 취하기 바랍니다. 특히 보고서의 독자는 여러분의 생사여탈권을 손에 쥐고 있는 부장님입니다. 무사히 생계를 잇고 싶다면 독자의 욕구를 감지하고, 그에 부응하는 글을 쓰는 것이 마땅합니다. 다행히 독자는 우리의 지근거리에 있기 때문에 성향을 파악하는 일이 그리 어렵지 않습니다.

만일 여러분의 독자가 성미가 급한 편이라면, 보고서는 시원시원하게 구성하는 것이 좋습니다. 글자의 크기나 색깔을 다르게 해서 해결책과 결론이 한눈에 들어오도록 하기 바랍니다. 또 복잡한 숫자 데이터는 원그래프를 활용하여 값이 직관적으로 이해되게 하는 것이 좋습니다. 반면 꼼꼼하고 치밀한 성격의 독자님이라면 분명한 출처와 정확한 데이터 값을 보여주기 바랍니다. 이렇게 읽는 사람의 성격에 맞춰 글을 구성하는 것이 크게 어려운 일은 아니지만, 결과에는 큰 차이가 있습니다.

내용 원칙 2. 스토리텔링식 개요 짜기

정보 글은 정확한 내용 전달을 목적으로 하기 때문에 글을 쓰기 전 미리 개요를 짜두는 것이 좋습니다. 다뤄야 할 내용을 빠뜨리지 않고 짚을 수 있고, 내용의 중요도를 한눈에 파악할 수 있기 때문입니다.

그러나 기존의 글쓰기 공식인 서론, 본론, 결론에 맞춰 개요를 작성하면 자칫 나열식의 지루한 글이 되기 쉽습니다. 독자들이 흥미를 잃지 않게 하려면 개요도 스토리텔링식으로 짜는 것이 좋습니다. 가장 효과적인 스토리텔링 방법은 '부장님이 던질 네 가지 예상 질문에 답하기'입니다.

① 뭐가 문젠데?

문제 상황에 대한 질문입니다. 이 질문에서 부장님이 듣고 싶은 답변은 구체적인 현황 파악과 원인 분석입니다. 우리 예시문에서 문제가 되는 상황은 '프로그램 시청률이 4주째 저조하다'입니다. 그 원인으로 '젊은 시청자층 유입의 어려움'을 들 수 있습니다. 이 말을 들은 부장님은 다시 이렇게 질문하실 겁니다.

② 그래서, 어떻게 해야 하는데?

해결책을 말씀드릴 차례입니다. 해결책은 최소 두 가지 이상 마련하고 중요도 순으로 작성하기 바랍니다. 이때 여러분이 첫 번째로 제시하는 해결책이 바로 이 보고서의 주제가 됩니다. 즉 여러분은 이 첫 번째 해결책을 회사에 설득하기 위해 보고서를 쓰는 겁니다.

우리 예시문의 경우, '아이돌 가수 노파를 보조 진행자로 섭외'를 첫 번째 해결책으로 제시할 수 있습니다. 두 번째로 해결책으로는 IP(지식 재산: Intellectual Property) 재활용을 통한 유튜브 영상 제작을 들 수 있습니다.

③ 왜?

그러면 부장님은 '왜' 이 해결책이 최선인지, 근거를 대라고 할 겁니다. 가장 많은 준비가 필요한 질문입니다. 컨설팅 회사에서는 이 '왜?'라는 질문이 다섯 번 이어질 때까지 답을 준비한다고 합니다. 그러나 일반 회사원이 그렇게 준비했다가는 본업은 뒷전이 될 것이므로 두 번째 '왜'까지만 준비해도 충분합니다.

우리 예시문의 경우, 특집 방송 때 노파를 섭외했더니 시청률이 급상승했던 경험을 근거로 들 수 있습니다. 한 번에 수긍할 수 있는 근거이기 때문에 우리 부장님은 두 번째로 '왜?'를 던지지는 않을 겁니다. 대신 곧바로 네 번째 예상 질문이 이어질 겁니다.

④ 근데 너무 ~한 거 아냐?

네 번째 질문은 여러분이 제시한 해결책을 반박하는 질문입니다. 이 질문에 대비하기 위해서는 반드시 해결책이 가진 약점과 이에 대한 대비책을 미리 생각해둬야 합니다.

우리 예시문에서는 "근데 (노파 섭외 비용이) 너무 비싼 거 아냐?"라는 반박이 바로 나올 수 있습니다. 피디는 아마 방송통신위원회 지원금을 타온다거나 기업 광고를 유치한다는 등의 대비책을 제시할 것이나 이 방법들은 실효성이 적습니다. 사실 현 방송 상황에서 시청률 하락 문제를 효과적으로 해결할 방안을 찾기란 매우 어렵습니다. 방송 산업의 흐름 자체가 완전히 바뀌었기 때문입니다.

이렇게 해결책의 약점을 만회할 방안이 없다면, 두 번째 해결책과의 비용 효익을 비교 분석하면 됩니다. 그 결과, 그래도 첫 번째 해결책이 더 낫다는 사실을 입증해 보이면, 여러분의 주장이 한층 더 강화됩니다. 우리 예시문의 경우, 아이돌 섭외는 비싸지만 시청률 상승을 보장하는 반면, IP 재활용은 저렴하지만 효과를 장담할 수 없다는 사실을 객관적인 자료를 통해 입증해 보이면 됩니다. 그 결과, 시청률 상승을 위해서는 첫 번째 해결책이 더 효과적임을 한 번 더 강조할 수 있습니다.

⑤ 안 하면 어떻게 되는데?

이 질문은 번외 질문입니다. 실제로 부장님이 여기까지 질문을 던지는 일은 잘 없으나, 실무자는 최악의 시나리오까지 상정하는 게 좋습니다. 문제 상황을 그냥 방치할 경우 어떤 최악의 상황을 맞이할 수 있는지, 실례를 들어주면 됩니다.

우리 예시문의 경우 지역 민영방송 OBS가 자본잠식 상태에 빠졌을 때의 상황을 예로 들 수 있습니다. 저조한 시청률을 만회하지 못한 OBS는 2014년에 자본잠식 상태에 빠졌고 그 결과 개국 인원의 절반에 달하는 직원이 정리해고를 당했습니다. 남은 직원들은 7년간 임금을 동결해야 했고, 제작비가 없어서 다른 방송국의 프로그램을 사다 트는 굴욕적인 상황을 수년간 지속해야 했습니다. 시청자 유출을 방치하면 이런 최악의 사태를 맞을 수 있다는 점을 간단히 언급하며 마무리하면, 논리적으로 빈틈없는 개요가 완성됩니다.

내용 원칙 3. 철저한 자료 조사

개요를 짰으면 이제 자료 조사를 할 차례입니다. 읽히는 글을 쓰고 싶다면 무엇보다 독자를 설득할 수 있어야 합니다. 감성 글이 정서적 공감을 통해 독자를 설득한다면, 정보 글은 논리로 설득합니다. 글의 논리는 해결책과 근거 사이의 거리가 가까울수록 단단해지고, 멀어질수록 논리적 비약이 생깁니다. 따라서 독자를 설득하는 글을 쓰고 싶다면, 글에 논리적 비약이 없어야 합니다. 방법은 간단합니다. 자료 조사를 철저하게 하면 됩니다.

여러분이 제시한 해결책을 뒷받침할 수 있는 근거를 최대한 많이 찾기 바랍니다. 이때 자료는 가능하면 원자료를 사용하는 것이 좋습니다. 신문 기사나 보도문의 가공된 자료를 발췌하지 말고, 직접 통계청 같은 사이트에서 원자료를 찾아 인용하기 바랍니다. 작은 번거로움으로 보고서의 신뢰도를 크게 높일 수 있습니다.

하지만 모든 근거를 일일이 원자료로 첨부하다간 본업도 못 하고 세월이 다 가버리고 말 겁니다. 보고서를 쓸 때는 시간을 효율적으로 운용하는 것도 매우 중요합니다. 마침 보고서의 독자가 세상에서 가장 바쁜 사람들이다 보니 집중적으로 읽는 페이지는 앞의 몇 장밖에 되지 않을 겁니다. 이를 감안해 보고서의 자료 공헌도를 적절히 조절하기 바랍니다. 즉 핵심 근거만 원자료를 인용하고 나머지는 가공된 자료로 구색을 맞추기 바랍니다. 쓰고 싶지 않은 글을 쓸 때는 전략적으로 접근

하는 것이 좋습니다.

내용 원칙 4. 세 가지 퇴고 질문에 답하기

다른 모든 글쓰기처럼 보고서를 쓸 때도 퇴고가 가장 중요합니다. 다행히 정보 글은 유려한 표현이나 화려한 수사를 고민할 필요가 없어 퇴고가 비교적 수월한 편입니다. 보고서를 퇴고할 때도 부장님의 예상 질문에 답하는 식으로 내용을 점검하면 훨씬 효과적입니다.

① 이게 말이 돼?

보고서의 전체 논리가 잘 잡혀 있는지 점검하기 바랍니다. 스토리텔링이 논리적으로 전개되는지, 각각의 해결책과 근거 사이에 논리적 비약은 없는지, 또 첫 번째 해결책의 근거가 충분한 설득력을 지니는지 등을 검토합니다. 근거가 빈약하다면 자료를 보충하여 논리를 강화합니다.

② 숫자 확실해?

세부적인 내용을 점검하기 바랍니다. 근거로 활용된 데이터의 숫자가 정확한지, 출처는 분명히 명기돼 있는지를 확인합니다. 첫 번째 질문에서 논리 강화를 위해 자료를 보충했다면, 이 단계에서는 반대로 논점을 흐리는 지엽적인 내용을 덜어냅니다.

③ 글쓰기 공부 안 했어?

문법적인 오류가 없는지 점검하기 바랍니다. 오탈자는 없는지, 주어와 술어가 자연스럽게 조응되는지, 비문은 없는지 등을 꼼꼼하게 확인합니다. 또한, 너무 현학적이거나 추상적인 개념어가 들어가 있다면 직관적으로 이해할 수 있는 쉬운 말로 바꿔줍니다. 글은 쉽게 쓸수록 설득력이 높아집니다. 구체적인 퇴고 방법은 4장의 '보기에 더러운 글이 읽기에도 더럽습니다' 편을 참고하기 바랍니다.

프리랜서의 생존 비기,
업무 메일 작성법을 공개합니다

부처님의 제자 중 한 명이 "친구는 수행 생활의 절반인 것 같다"고 하자 부처님께서 "아니다, 친구가 전부다"라고 말씀하셨다는 유명한 일화가 있습니다. 이메일도 그렇습니다. 사소해 보이지만 실은 이메일이 비즈니스의 전부입니다. 원래 큰일일수록 차이는 작은 곳에서 만들어지기 마련입니다. 이메일 한 통만 주고받아도 이 회사가 체계가 잡힌 곳인지, 운영은 제대로 되고 있는지를 가늠할 수 있기 때문입니다. 이메일이야말로 업무의 시작과 끝이라고 할 수 있습니다.

그런 이유로 방송작가로 일할 땐 믿을 만한 방송국에서 연락했다는 인상을 주기 위해 격식을 갖춰 메일을 썼고, 프리랜서로 독립한 지금은 체계적으로 일하는 사람이라는 인상을 주기 위해 메일 작성에 더욱 신경을 씁니다. 저 역시 이름을 잘 모르는 업체나 기관에서 메일을 받으면 메일을 쓴 형식을 보고 이곳이 신뢰할 만한 곳인지를 판단하기 때문입니다. 즉 업무 메일은 소위 '프로페셔널'해 보이지 않으면 신뢰를 주기 어렵습니다.

그래서 이번 편에서는 어떻게 하면 이메일을 '프로페셔널' 해 보이게 쓸 수 있는지, 그 방법에 대해 말씀드리겠습니다.

✉ 사내 이메일 양식과 서명 기능 활용하기

사실 이메일을 쓰는 방식만 봐도 이 사람이 신입사원인지 아닌지를 알 수 있습니다. 신입사원이든 아니든 초짜의 향기를 풍기고 싶지 않다면, 일단 사내에 이메일 양식이 있는지 확인하기 바랍니다. 어느 정도 규모가 있는 회사라면 이메일 양식을 갖추고 있는 경우가 많습니다.

만일 사내 이메일 양식이 없다면, 우리 회사에서 이메일을 가장 '프로페셔널'하게 쓰는 부서의 메일을 따라 쓰면 됩니다. 그 부서는 바로 인사팀과 홍보팀입니다. 이 두 부서는 회사 차원에서 외부와 소통을 가장 많이 하는 곳이기 때문에 이곳에서 작성한 메일은 회사 이메일의 표준이라고 생각해도 좋습니다.

만일 회사에 소속되지 않은 프리랜서라면, 이메일의 서명 기능을 활용하여 신뢰도를 높일 수 있습니다. 서명 기능을 이용하면 여러분이 입력한 간단한 소개말과 연락처, 그리고 운영하는 홈페이지나 SNS 주소 등이 자동으로 메일 하단에 기록되어 일종의 명함 효과를 낼 수 있습니다.

✉️ ## 스팸으로 분류되지 않는 이메일 제목 쓰기

이메일 양식을 설정했다면, 이제 메일을 쓸 차례입니다. 회사 메일함에는 매일 수십 개에서 수백 개의 메일이 새로 들어옵니다. 당연히 회사원들은 이 많은 메일을 일일이 열어볼 시간이 없어 제목만 보고 중요한 메일을 추려냅니다. 따라서 이메일 작성은 본문이 아니라 제목부터 시작된다고 생각해야 합니다.

걸러지지 않는 제목을 쓰기 위한 가장 확실한 방법은 소속을 명시하는 겁니다. 업무 세계에서 용건 이상으로 중요한 것이 소속입니다. 일반적으로 소속은, 회사 이름에 대괄호를 씌워 제목 맨 앞에 표기합니다. 제가 EBS에서 방송작가로 일할 때도 아래와 같이 섭외 메일을 보내곤 했습니다.

- [EBS] 다큐프라임 섭외 문의드립니다

한스미디어에서 출간 제의를 받을 때도 아래와 같은 제목으로 메일이 와서 안심하고 열어볼 수 있었습니다.

- [한스미디어] 단행본 출간 제안 드립니다(출간 기획안 재중)

외부로 나가는 메일이 아니라 사내 직원들에게 메일을 쓸 때는 사명 대신 소속 부서명을 제목 앞에 넣으면 됩니다.

- [인사팀] 개인정보 정책 변경 안내

만일 전체 직원을 대상으로 긴급 메일을 보내는 거라면, 대괄호 안에 부서명 대신 '중요'나 '긴급'과 같은 문구를 넣고 부서명은 제목 말미에 표기하기 바랍니다.

- [중요] 개인정보 정책 변경 안내_인사팀

그렇다면 어디에도 소속되지 않은 자유인인 프리랜서들은 메일 제목을 어떻게 쓰는 것이 좋을까요? 보통은 소속 없이 바로 제목을 쓰지만, 직업의 전문성을 드러내고 싶다면 [직업+이름]의 순서로 제목 앞에 넣어주면 됩니다.

- [작가 김수지] 글쓰기 강의 제안 드립니다

참고로 작가들은 이름 대신 필명을 사용하기도 하는데, 저는 특별한 경우가 아니면 필명을 사용하지 않습니다. '노파'라는 필명이 매우 스팸 메일처럼 보이기 때문입니다. 소속이 없는 프리랜서들은 메일을 쓸 때 스팸 메일처럼 보이지 않도록 특별히 더 신경을 써야 합니다.

제목에서 내용 부분을 작성할 때는 앞의 예시들처럼 4어절 이내로 적어야 한눈에 파악할 수 있습니다. 만일 일정을 안내하는 메일이라면, 아래와 같이 용건 옆에 일시를 함께 표기하여 제목만 보고도 일정을 확인할 수 있도록 하기 바랍니다.

- [KBS] 섭외 미팅 일정 안내(9/9 금 10-13)

업무 메일은 용건 위주로 간략하게 작성하는 것이 원칙입니다. 그러나 상급자에게 보내는 메일이거나 여러분이 요청하는 입장이라면, 한 스푼의 친절함을 더한다고 업무 전문성이 훼손되지는 않습니다. 오히려 너무 요점만 말하고 글을 맺으면 자칫 예의 없다는 인상을 줄 수도 있습니다.

우리는 동방예의지국에 살고 있기 때문에 짧게 쓴 메일일수록 예의가 없어 보이지는 않는지 살펴야 합니다. 특히 프리랜서라면 마무리하기 전에 친절한 문구 한 줄 정도 더하는 것을 습관으로 들이는 게 좋습니다. 한 줄의 친절함이 여러분이 메일을 보내는 목적을 더욱 효과적으로 달성하게 해주기 때문입니다.

그럼 메일 본문은 어떻게 하면 '프로페셔널'하게 보이는지, ① 들어가는 말 ② 용건 ③ 맺음말로 나누어 설명해드리겠습니다.

1) 들어가는 말

들어가는 말은 인사말과 자기소개, 그리고 용건 소개로 구성됩니다. 인사말을 할 때는 상대방을 직위로 호명하는 것이 좋습니다. 만일 받는 사람이 특정돼 있지 않다면 호명을 생략하면 됩니다. 인사 후에는 자신의 소속이나 직위, 직업을 밝혀 간단하게 자기소개를 하기 바랍니다.

- XX 변호사님 안녕하세요? 저는 EBS 다큐프라임 작가, 노파라고 합니다.
- 안녕하세요? 저는 <노파의 글쓰기> 블로그 운영자, 김수지라고 합니다.

자기소개 후에는 메일을 쓴 용건에 대해 핵심만 간략하게 말합니다.

- XX 변호사님 안녕하세요? 저는 EBS 다큐프라임 작가, 노파라고 합니다. 인터뷰 요청 건으로 메일 드렸습니다.
- 안녕하세요? 저는 <노파의 글쓰기> 블로그 운영자, 김수지라고 합니다. 한국도서관에 글쓰기 강의 프로그램을 제안 드리려고 메일을 썼습니다.

단순히 자료 전달이 목적이라면, 자기소개 후 바로 용건을 말하면 됩니다.

- 센터장님 안녕하세요? 평가팀 노파 대리입니다. 이번 분기 평가 보고서 송부 드립니다.

2) 용건

메일의 몸통이라고 할 수 있는 용건 부분에서는 인사말에서 간단하게 소개한 용건의 내용을 구체적으로 적어주면 됩니다. 단, 간단명료의 원칙에 따라 에둘러 표현하는 말 없이 바로 본론으로 들어가기 바랍니다.

○○○ 변호사님 안녕하세요? 저는 EBS 다큐프라임 작가, 노파라고 합니다. 인터뷰 요청 건으로 메일 드렸습니다.

이번에 XX 사건에 관한 다큐멘터리를 기획 중인데, 변호사님께서 당시 피해자분 변호를 맡으셨기에 사건에 대한 설명을 듣고 몇 가지 질문을 드리고자 연락드렸습니다. 가능하실지요?

촬영은 5월 상반기에 진행할 예정인데, 편하신 날을 알려주시면 저희가 변호사님 사무실로 직접 찾아뵙도록 하겠습니다.

이때 일시와 장소, 금액과 같은 중요한 내용은 위의 예시처럼 밑줄이나 볼드체로 강조하는 것이 좋습니다.

만일 날짜를 조율해야 한다면, 가능한 날짜를 세 개 정도 제시하여 상대방이 선택할 수 있도록 하는 것이 좋습니다. 아니면 상대방에게 가능한 날을 두어 개 정도 알려달라고 요청해도 됩니다. 이렇게 하면 메일이 여러 차례 오가며 시간이 지체되는 것을 막을 수 있습니다.

- 촬영은 5월 상반기에 진행할 예정인데, 5월 8(월), 9(화), 10(수) 중에서 가능하신 날짜를 말씀해주시면 일정 맞추도록 하겠습니다.
- 촬영은 5월 상반기에 진행할 예정인데, 5월 둘째 주 중 편하신 요일 두 개 정도 알려주시면 일정 조율해서 변호사님 사무실로 직접 찾아뵙겠습니다.

만일 메일에서 다뤄야 하는 안건이 두 개 이상이라면, 안건별로 번호를 붙여 작성하는 것이 좋습니다. 가독성이 좋아질 뿐만 아니라 안건별로 답변을 받을 수 있기 때문입니다.

① 출연 관련

저희가 XX 사건으로 다큐멘터리를 기획 중인데, 자문 변호사로 출연 가능하신지 문의드립니다. 촬영은 5월 둘째 주에 진행할 예정인데, 편하신 날을 두 개 정도 알려주시면 **저희가 직접 변호사님 사무실로 찾아뵙도록 하겠습니다.**

② 강의 관련

위 프로그램과 별개로, 저희 방송국에서 6월 중에 신입직원을 대상으로 노동법 교육을 실시할 계획입니다. 관련하여 강의를 해주실 수 있는지 문의드립니다.

3) 맺음말

'감사합니다'로 맺는 것이 가장 일반적입니다만, 상사에게 보내거나 아쉬운 소리를 하는 입장이라면 서두에서 말씀드렸듯 맺기 전에 친절한 한마디를 덧붙이는 것이 좋습니다. 다만 과한 친절은 메일의 전문성을 떨어뜨릴 수 있기 때문에 적절한 온도를 유지하는 것이 중요합니다. 제가 자주 사용하는 친절한 한마디는 '언제든'과 '건강 유의'입니다.

- 센터장님 안녕하세요? 평가팀 노파 대리입니다.

  이번 분기 평가 보고서 송부 드립니다.

  관련하여 궁금하신 점 있으시면 언제든 내선 2580으로 전화 주시면 됩니다.

  감사합니다.

- 5월 둘째 주 중 편하신 요일 두 개 정도 알려주시면 일정 조율 후 직접 변호사님 사무실로 찾아뵙겠습니다.

  그럼 날씨가 더운데(추운데) 건강 유의하시고 **모쪼록 긍정적인 답변 부탁드리겠습니다.**

  감사합니다.

여기까지만 해도 여러분의 메일은 충분히 '프로페셔널'해 보일 겁니다. 그러나 여기서 한 단계 더 나아가고 싶은 분들을 위해 고수들의 디테일을 알려드리겠습니다.

1) 파일 첨부의 기술

그 분야의 고수인지 아닌지는 언제나 작은 부분을 다루는 방식에서 판가름 나는 법입니다. 메일 고수들은 첨부 파일도 그냥 보내지 않습니다. 파일명까지 일관된 규칙에 따라 가지런히 정렬하여 보냅니다. 특히 여러 개의 파일을 보낼 때는 이렇게 파일명을 정돈하는 것만으로도 훨씬 전문적이라는 인상을 줄 수 있습니다. 파일명은 통상 '날짜 + 자료명 + 작성자(출처)' 순으로 정렬합니다.

- 20230614_불의눈내레이션_노파_v2
- 2023년 5월 3주_프로그램시청률분석_제작센터

문서를 계속 수정하면서 메일로 주고받는 경우에는 위의 예시처럼 기존 파일명 뒤에 v2, v3, … 식으로 마지막 숫자만 바꿔서 첨부하면 됩니다. 만일 첨부하는 파일의 개수가 다섯 개를 넘어간다면 압축하여 하나의 파일로 보내는 것이 좋습니다. 개별 파일로 보내면 받는 사람이 파일 목록에 부담을 느낄 수 있고, 또 저장하기도 불편하기 때문입니다.

2) 실수 없는 메일 보내기

업무 메일을 보낼 때 흔히 하는 실수가 바로 파일을 첨부하지 않고 발송 버튼을 누르는 겁니다. 있을 수 있는 일이지만 작은 실수도 반복되면 보내는 사람뿐만 아니라 회사의 이미지도 안 좋아집니다.

그런데 이런 파일 누락은 메일을 쓰는 순서만 제대로 알고 있어도 피할 수 있는 실수입니다. 메일 쓰기의 가장 첫 번째 순서는 제목 작성이 아니라 문서 첨부입니다. 보내야 할 파일이 있다면 제목을 쓰기 전에 반드시 문서부터 첨부하는 습관을 들이기 바랍니다. 그러면 이런 사소한 일 때문에 실수가 잦은 사람이라는 오해를 살 일이 없을 겁니다.

그래도 문서 첨부를 자꾸 까먹는다면, 두 번째 방법이 있습니다. 바로 '메일 기능 활용하기'입니다. 네이버 메일이나 회사 메일의 설정에 들어가면 '대기 발송'이나 '발송 전 미리 보기'와 같은 기능이 있습니다. '대기 발송'은 30초에서 1분 정도 메일 발송을 지연시켜 그 시간 안에 발송을 취소할 수 있게 하는 기능입니다. 메일을 잘못 보냈다는 사실은 보통 발송 버튼을 누른 직후에 알아차리기 때문에 실수가 잦은 분들께 매우 유용한 기능입니다.

'발송 전 미리 보기'는 강제로 퇴고하게 하는 기능이라고 생각하면 됩니다. 발송 버튼을 누르는 순간 미리 보기 화면이 뜨면서 억지로 메일 내용을 한 번 더 보게 하기 때문입니다.

방금 쓴 메일도 다른 화면으로 보면, 쓸 땐 보이지 않던 오자나 비문이 한눈에 들어옵니다. 똑같은 글이라도 새로운 화면으로 옮겨보면 뇌에서 새로운 정보라고 인식하기 때문입니다.

다른 화면으로 옮겨서 보는 것은 메일뿐만 아니라 모든 글쓰기의 품질을 한 단계 높일 수 있는 유용한 퇴고 방법입니다. 사용하는 메일에 미리 보기 기능이 없다면 메모장에 메일 내용을 복사해서라도 꼭 한 번 더 퇴고하기 바랍니다.

3) 책임을 분산시키는 효녀, '참조'

참조 기능은 회사에서 전략적으로 사용할 일이 많은 기능입니다. '참조'에는 메일의 용건과 직접적인 관계는 없지만 일의 진행 상황을 알아야 하는 사람의 메일 주소를 넣습니다. 그래서 주로 상급자나 관리자들이 참조를 받게 됩니다. 일종의 간접 보고인 셈입니다. 그러므로 참조 후에는 상급자에게 직접 가서 참조 사실을 알리는 것이 좋습니다.

한편 참조를 받은 사람은 메일에 답할 의무는 없으나 내용을 읽어야 할 의무는 있습니다. 그러나 직접 온 메일도 다 확인하지 못할 만큼 바쁜 상급자들이 참조 메일까지 일일이 챙기기는 어렵습니다. 바로 이 점 때문에 실무자들이 참조 기능을 전략적으로 활용할 수 있는 겁니다. 만약 문제가 생겼을 때 부장님이 "그걸 왜 지금까지 얘길 안 했어?"라고 나무라면 "그 때 메일 참조 드렸잖아요?"라고 답하면 됩니다. 그러면 메일을 읽지 않은 부장에게도 일부 책임이 돌아가기 때문입니다.

잘만 사용하면 이만한 효녀가 없습니다만, 뭐든 그렇듯, 참조 기능도 과용하면 득보다 실이 더 많습니다. 실무자의 재량으로 충분히 해결 가능한 업무까지 상급자를 참조하면 메일을 받는 사람도 부담스러워하고, 상급자도 실무자의 업무 역량을 의심하게 됩니다. 조커 카드는 정말 필요한 순간에 사용해야 그 가치가 제대로 발휘됩니다. 정말 보고가 필요한 사안에만 참조 기능을 사용하여 알차게 효녀 효과를 누리시기 바랍니다.

4) 결코 사소하지 않은 '이메일 아이디'

입사하자마자 해야 하는 일 중 하나가 '이메일 아이디 정하기'입니다. 보통은 무난하게 자신의 이름을 따 아이디를 정하지만, 하필 그 순간 상급자가 불러서 경황이 없는 신입사원들은 급하게 떠오르는 대로 아이디를 정합니다. 그런 경우 대개는 기존에 사용하던 아이디가 떠오를 겁니다. 그러나 이 아이디는 10대 시절, 호르몬이 널뛰던 때 지은 것이라 어른들의 세계에서는 괴상해 보입니다. 괴상한 아이디로 메일을 보내면 보낸 사람도 괴상해 보입니다. 여러분이 일하는 회사가 잘 알려진 곳이 아니라면, 회사도 괴상해 보일 겁니다.

예를 들어 프리랜서가 된 후 제가 사용하는 이메일 아이디는 'nopaguffaws'입니다. '노파가 깔깔댄다'라는 뜻으로, 스무 살의 번뜩이는 재치로 지은 겁니다. 그때만 해도 유쾌하기 그지없다고 자화자찬을 하였으나 지금 보니 괴상할 따름입니다. 처음 제게 메일을 받는 분이라면 스팸으로 의심하고도 남을 이름입니다. 그러나 이미 오랫동안 업무 메일로 사용한 탓에 돌이키지 못하고 있습니다.

이처럼 업무 메일 아이디는 한번 정하면 연락처가 쌓여서 나중에 바꾸기 어렵습니다. 여러분은 저처럼 전문성을 깎아먹는 이름으로 짓지 마시고, 앞으로 30년 동안 사용한다고 생각해서 신중하게 아이디를 정하기 바랍니다. 대체로 이름을 따서 지은 아이디가 가장 신뢰감 있고 무난하게 사용할 수 있습니다.

제 4 장

팔리는 글,
쉽게 쓰는 방법이
있습니다

\#
팔리는 글을 쓰고 싶다면
가장 가치 있는 정보와 가장 아름다운 정서를
글 안에 담아내기 바랍니다.

책팔이가 되지 않아야
팔리는 글을 쓸 수 있습니다

————————— 처음 방송작가가 됐을 때 운 좋게 그 방송국에서 다큐멘터리를 가장 잘 만드는 피디님과 일하게 됐습니다. 방송통신위원회(이하 방통위) 방송 대상부터 백상 작품상, 국무총리 표창까지 안 타본 상이 없으니 아마 우리나라에서 다큐멘터리를 가장 잘 만드는 피디라고 해도 틀리지 않을 겁니다. 그 덕에 십수 년을 방송국에서 일해도 타기 어렵다는 방통위 상을, 난생처음 써본 다큐멘터리로 받는 행운도 누렸습니다. 그러나 행운이 있기까지 서러운 순간도 많았습니다. 방송국은 처음이라 모르는 게 많기도 했고 방송 만드는 일을 내심 가볍게 생각했기 때문입니다. 글을 좋아하는 사람들은 원래 책보

다 방송을 낮잡아보는 경향이 있습니다.

그래서 처음에 원고를 쓸 땐 그저 기성 상품을 찍어내듯 구색만 갖추면 되겠거니 했습니다. 공영방송이라 시청률 압박에서도 자유로우니 적당히 교육 정보만 담으면 되는 줄 알았습니다. 잘못된 생각이었습니다. 그곳에서 일하는 피디들은 교육적이면서도 획기적인 프로그램을 만들고 싶어 합니다. 그중 극소수는 조금은 미친 사람처럼 자신의 일상을 갈아 넣어 방송을 만듭니다. 제가 함께 일한 피디님이 바로 그런 극소수의 사람이었습니다.

✉ 팔리는 글을 쓰고 싶다면, 반드시 답해야 할 질문이 있습니다

그러니 적당히 구색만 맞춰 쓴 제 구성안이 피디님의 성에 찰 리 없었습니다. 참고로 구성안은 방송 내용을 분 단위로 세분화하여 설명한, 프로그램의 지도 같은 글을 말합니다. 한참을 못마땅한 얼굴로 구성안을 들여다보던 피디님이 뜬금없는 질문을 던졌습니다. "작가님은 방송 만들 때 뭘 가장 먼저 생각해요?" 저는 멍한 눈으로 또 뻔한 답을 했던 것 같습니다. "시청률, 교육 정보, 그리고 욕먹을 만한 내용은 없는지…?"

이번엔 저를 못마땅한 얼굴로 쳐다보던 피디님이 자신은 프로그램을 만들 때 이 바쁜 사람들이 왜 우리 방송을 봐야 하는지를 가장 먼저 생각한다고 했습니다. 내일도 새벽에 일어나서 출근해야 하는 사람들이, 왜 이 시간에 드라마나 예능을 안 보고 우리 프로그램을 보고 있는지를 생각하면 뻔한 내용으로 대충 만들 수가 없다고 했습니다. 그건 무척 미안한 일이기 때문입니다.

그때 처음으로 '내가 정말 대단한 피디와 일하고 있군' 하는 생각이 들었습니다. 이런 사람들에게 방송은 단순한 상품이 아니라 하나의 작품일 겁니다. 시청자에게 도움이 되겠다는 진심을 담아 방송을 만드는 겁니다. 그러자 조금 부끄러워졌습니다. 자신에게 부끄러운 마음이 들면 그전으로는 돌아갈 수 없는 법입니다. 저도 피디님 옆에서 다래끼가 눈알만큼 커지도록 같이 뼈를 갈아 일하는 수밖에 없었습니다.

많은 사람이 '팔리는 글'은 어떻게 쓰는 거냐고 물어봅니다. '팔리는 글'을 쓰는 일은 '팔리는 방송'을 만드는 일과 본질적으로 다르지 않습니다. 가장 먼저 사람들이 왜 이 글을 봐야 하는지에 대해 답할 수 있어야 합니다.

　물론 글도 상품입니다. 작가라면 자신이 쓴 책이 많이 팔리기를 바라는 것이 자연스러운 마음입니다. 저도 그렇습니다. 그래서 평소에는 그렇게 노골적인 사람이 아닌데도 책 제목도 요란하게 달고 자기소개 글도 남사스럽게 쓴 겁니다. 한 사람에게라도 도움이 되길 바라며 책을 썼다는 작가들도 정말 딱 한 사람만 자신의 책을 사는 상황은 꿈에서도 마주하고 싶지 않을 겁니다. 문제는, 잘 쓰는 것에 대한 고민 없이 잘 팔리기만 바라는 경우입니다.

　어떻게 하면 많이 팔릴까만 생각하고 글을 쓰면 사람들의 이목을 끌 만한 것, 아무 영양가 없이 자극적이기만 한 내용으로 지면을 채우게 됩니다. 사람들이 혹할 만한 키워드를 요리조리 조합해 출처도, 근거도 불분명한 내용을 마치 사실인 양 쓰기도 합니다. 그런 글은 독자의 아까운 시간만 뺏을 뿐입니다. 그런 방식으로 돈을 벌고 싶다면 책 말고 다른 장르에서 애써보는 게 승률이 더 높을 겁니다. 자극적인 것을 원하는 사람이 굳이 서점에서 책장을 넘겨보지는 않기 때문입니다.

글이라는 상품에는 독특한 특성이 있습니다. 바로 만든 사람의 마음이 고스란히 글 안에 반영된다는 점입니다. 한 편의 글만 봐도 작가를 관통하는 주된 정서와 생각 그리고 삶에 대한 기본적인 태도까지 짐작할 수 있습니다. 그래서 글을 보면 그 사람을 알 수 있다는 말이 나오는 겁니다. 평생을 글쓰기 교육에 헌신한 이오덕 선생님도 이렇게 말했습니다.

> "글은 사람일 수 없다"라든지 "글과 사람은 분리해서 봐야 한다"든지 하는 말 자체가 벌써 글과 사람에 대한 어떤 태도를 보여주고, 그 사람이 쓴 글의 세계와 사람 자체를 암시한다. 다시 말하면 '글은 사람이 아니다'는 말은 '글은 사람이다'는 말을 더욱 잘 증명해주는 말이 되고, 따라서 '글은 사람이 아니다'라는 말은 엄밀한 뜻에서 성립할 수 없는 말이다.
>
> (이오덕, 『글쓰기, 이 좋은 공부』)

이처럼 글과 사람은 분리될 수 없습니다. 글은 어떤 식으로든 쓴 사람의 생각을 반영합니다. 그렇기 때문에 좋은 내용을 담아야겠다는 생각 없이 오직 유명세만 바라고 글을 쓴다면, 그 이기적인 마음이 반드시 글에 드러나게 됩니다. 사람들은 아마 책날개만 보고도 이 책이 그럴듯한 문장으로 치장한 빈 껍데기라는 사실을 알아차릴 겁니다. 그러니 팔리는 글을 쓰고 싶다면, 글 안에 값을 매길 수 없는 경험과 지식, 감동을 담기 위해 전력을 다해야 합니다.

그러기 위해서는 베스트셀러 작가의 마음을 갖춰야 합니다. 베스트셀러 작가라면, 나를 위해서가 아니라 다른 사람들을 위해서 글을 쓸 겁니다. 자신의 진심이 가닿길 바라며 글 안에 자기 삶의 정수를 풀어놓을 겁니다. 퇴고는 기업가처럼 할지언정 내용만큼은 지상 최고의 이타주의자처럼 쓰는 것입니다. 글쓰기는 생각과 마음으로 하는 일입니다. 걸맞은 마음가짐을 갖추고 쓸 때와 아닐 때 사이에는 큰 차이가 있습니다.

최근에 본 한 글쓰기 책에서는 장章이 끝날 때마다 "더 자세한 내용은 저자의 유튜브 채널을 구독해서 확인하라"고 쓰여 있었습니다. 그래서 유튜브에 들어가 봤더니 이번엔 "멤버십을 구독하면 더 상세한 내용을 들을 수 있다"라고 돼 있었습니다. 그러나 멤버십을 구독하면 아마 책을 구매해야 더 상세한 내용을 확인할 수 있다고 돼 있을 겁니다. 독자들에게 도움을 주겠다는 생각 없이 글을 쓸 때 벌어지는 일입니다. 이런 식의 꼼수를 부려도 통할 거라고 믿는 겁니다.

아무리 똑똑한 사람이라도 한 명의 저자가 독자라는 전체 집단보다 뛰어날 수는 없습니다. 정말 팔리는 글을 쓰고 싶다면 사람들이 왜 이 글을 봐야 하는지를 먼저 자문하기 바랍니다. 그런 다음 아까워서 쟁여둔 '더 상세한 내용'을 담기 바랍니다. 그래야 독자들이 이 글을 봐야 할 이유가 생깁니다.

✉ 착하지 않은 사람이 이타적으로 쓰는 법

글은 생각으로 씁니다. 쓰다 보면 자신의 평소 생각, 가치관, 애증의 대상들이 자연스럽게 글 안에 담기게 됩니다. 삶으로부터 완전히 분리된 글쓰기라는 것은 있을 수가 없습니다. 따라서 괜찮은 글을 쓰고 싶다면 괜찮은 생각을 먼저 하기 바랍니다. 누군가에게 도움이 되겠다는 생각으로 글을 쓰면 자료 수집에도 더 공을 들이게 됩니다. 사람들이 이 글을 쉽게 이해하길 바라는 마음에서 문장을 다듬을 때도 좀 더 신중해집니다. 결국, 누군가에게 도움이 되길 바라는 이타적인 마음이 가독성이 좋고 설득력 있는 글을 쓰게 합니다.

그런데 이쯤 되니 문득 자신이 그다지 이타적인 사람이 아니라는 사실이 떠오를 겁니다. 착하지 않으면 글도 쓰지 말라는 거냐는 볼멘소리가 나올 수도 있겠습니다. 걱정하지 않아도 됩니다. 안 그래도 어려운 글쓰기가 엄격한 도덕성까지 요구하는 무지막지한 활동일 리 없습니다. 저도 쓰고 제가 아는 누구도 쓰는 걸 보면, 이타적인 글쓰기라는 것은 결국 누구나 할 수 있는 일일 겁니다.

처음에는 그저 독자를 위하는 척만 하면 됩니다. 나는 오직 돈밖에 모르고 내 성공만이 지상 최대의 과제라고 해도 글을 쓸 때만큼은 다른 사람도 부자가 되면 좋겠다고 착한 척을 해보기 바랍니다. 여러분만의 성공 비법을 자세히 설명하고, 그 어려운 길을 따르는 사람들을 격려하는 척을 해보기 바랍니다. 그렇게 계속 척을 하며 쓰다 보면 어느 순간 그 '척'이 여러분의 진짜 생각이 되고 진짜 삶의 태도가 됩니다.

착한 척의 힘에 대해서는 외식 사업가, 백종원 씨의 이야기가 잘 알려져 있습니다. 백종원 씨는 사업가로서는 보기 드물게 활발한 공익 활동과 자선 사업으로 많은 사람의 사랑을 받는 분입니다. 그 역시 처음에는 그저 손님이 더 많이 오기를 바라는 마음에서 착한 사장 행세를 했다고 합니다. 그래서 더 싸게, 더 많이 담아줬더니 장사도 더 잘되고, 어느 순간 방송에도 나오게 됐다고 합니다. 그래서 더 공익을 위하는 척, 더 다른 사람을 배려하는 척을 했더니 언젠가부터 그 '척'이 진짜 자신의 생활 태도가 되어 지금 우리가 아는 그 착한 백종원 사장님이 된 것입니다.

글쓰기는 우리 내면에 더 강력한 영향을 미치는 활동입니다. 처음에는 그저 다른 사람을 위하는 척 글을 썼다고 해도 계속 그렇게 쓰다 보면 어느 순간 생각 자체가 그렇게 바뀝니다. 쓰는 일 자체가 생각의 한 과정이기 때문입니다. 즉 쓰다 보면 착한 척이 여러분의 태도가 되고 진심이 됩니다. 따라서 좋은 글을 쓰고 싶다면 먼저 좋은 생각을 하기 바랍니다.

성과주의 시대에 착한 글쓰기

그런데 요즘 같은 성과주의 시대에 이타적인 사람이 되는 것이 어쩐지 꺼려지는 분도 있을 겁니다. 성과주의 관점에서 투입 대비 결과가 없는 이타적인 행동은 '손실'로 규정되기 때문입니다. 이는 지독하게 근시안적인 결론입니다. 이타적인 글쓰기는 투입 대비 수십, 수백 배의 이익을 가져오는 성공적인 글쓰기 전략입니다. 아이러니하게도 지금이 성과주의 시대라서 그렇습니다.

성과주의 시대를 사는 사람들은 가성비나 효율을 따지는 태도에 지쳐 있습니다. 부자가 되는 방법을 알려준다는 말에 솔깃하면서도 혹여나 그 달콤한 말이 자신의 푼돈을 노리는 수작은 아닌지 경계합니다. 성과주의 사회에서는 속는 사람을 바보라고 여기기 때문입니다. 그래서 사람들은 바보가 되지 않기 위해 늘 촉각을 곤두세우느라 항상 피로감을 느낍니다.

반대로 누군가 다른 사람을 위해 진심으로 마음을 쓴 흔적이 보이면 사람들은 크게 감동합니다. 성과주의 시대에 이런 계산적이지 않은 마음은 무척 귀하기 때문입니다. 즉 지금의 독자들은 진정성 있는 내용과 선량한 마음에 목말라 있습니다. 따라서 팔리는 글을 쓰고 싶다면 가장 가치 있는 정보와 가장 아름다운 정서를 글 안에 담아내기 바랍니다.

무엇보다 그렇게 쓴 글이어야 여러분 스스로가 자신의 글을 온전히 사랑할 수 있습니다. 글쓰기에서 자신의 글을 사랑하는 것만큼 중요한 일은 없습니다. 자신의 글을 사랑해야 글을 쓰는 일이 재밌고, 그래야 꾸준히 쓸 수 있습니다. 참고로 저는 누구도 제 글을 읽지 않던 조회 수 0의 시절부터 제 글을 무척 좋아했고, 지금도 드높은 자기애를 동력으로 글을 쓰고 있습니다. 꾸준히 쓰려면 이런 나르시시즘이 필요합니다. 그렇게 내가 사랑하는 글을 계속 쓰다 보면 다른 사람들도 결국 여러분의 글을 사랑하지 않을 수 없게 될 겁니다. 그러니 글을 쓸 때는 먼저 독자들에게 도움이 되겠다는 마음을 갖기 바랍니다.

방송작가의 현실

　방송작가로 일하는 동안은 사람이 제 입 하나를 건사하기 위해 어디까지 단단해져야 하는지를 알려준 시간이었습니다. 개중에는 상식적이라는 공영방송국에서 일했고, 가장 힘들다는 예능 프로그램은 근처에도 가지 않았지만, 그래도 방송국은 만만한 곳이 아니었습니다. 피디가 간부로 승진했다고 일자리가 사라지기도 하고, 다른 부서로 이직했다고 사라지기도 했습니다. 물론 계약서에 쓰인 기간만큼은 고용이 보장되지만, 고작 6개월입니다. 연장이 안 되면 하루아침에 일거리가 끊기니 인생의 장기 계획 같은 것은 세울 수가 없습니다. 고용 기간이라고 안심할 수 있는 것도 아닙니다. 예고도 없이 일감을 절반 이상 줄이는 일도 있기 때문입니다.

그래도 방송국에는 아무 문제가 없습니다. 계약서에 "방송국 사정에 따라 변동 가능"이라는 문구가 들어가 있기 때문입니다. 수입이 3분의 1로 줄어든 바람에 제 일상에는 많은 문제가 생겼지만, 어디에도 책임지는 사람은 없습니다. 미리 얘기라도 해줬어야 하는 것 아니냐고 항의하니 그 친절하던 과장이 한숨을 푹 쉬며 말합니다. "작가님 이렇게 따지는 거, 나 정말 피곤해요." 어제까지만 해도 우리 아이 글쓰기도 가르쳐주면 안 되냐고 생글생글 웃던 사람이 하루아침에 변하는 모습을 지켜보기란 쉽지 않습니다. 근로기준법으로 보호받지 못하고 어제까지 같이 일하던 사람도 내 편이 아닌 게 방송작가의 현실입니다.

✉ 그래도 중요한 글쓰기 습관을 익혔습니다

그런데도 이 일을 10년 가까이 할 수 있었던 것은 글쓰기에서만큼은 얻는 게 많았기 때문입니다. 억지로라도 매일 읽고 쓸 수 있었고 마감의 지옥문을 일수 찍듯 넘나들었습니다. 특히 라디오 방송을 할 때는 전 국민을 대상으로 매일 글을 쓴 덕에 글쓰기 고질병도 고칠 수 있었습니다. 바로 잘난 척하며 쓰는 버릇입니다.

사실 방송 글은 입말을 쓰기 때문에 온전한 문장이나 완결성 있는 글을 연습하기에는 좋지 않습니다. 주로 톡톡 튀는 대사나 인터넷에서 유행하는 말 조각을 쓰는 탓에 비문에 익숙해지게 됩니다. 또 시청자들의 흥미를 끌기 위해 10분마다 내용을 전환해야 해서 일관성 있는 글을 쓰기도 어렵습니다. 오히려 나쁜 글쓰기 습관을 들이기에 좋습니다.

그러나 이 모든 단점을 상쇄하는 장점이 있습니다. 바로 쉽고 간결하게 쓰는 법을 익힐 수 있다는 점입니다. 전 국민을 독자로 하는 글이기 때문에 그렇습니다. 쉽게 표현하는 법을 배우면 어떤 주제를 다루든 많은 사람에게 읽히는 글을 쓸 수 있습니다. 그러나 쉽게 쓴다는 게 생각처럼 간단한 일이 아닙니다. 사실 우리가 어렵게 쓰는 이유도 그편이 더 쉽기 때문입니다.

우리가 학창 시절 내내 읽는 교과서는 개념 이해와 정보 전달을 목적으로 한 글이기 때문에 건조하고 설명적입니다. 문장은 정확하지만 읽고 싶은 글은 아닙니다. 이런 딱딱한 글을 12년 동안 읽다가 대학에 가면 이번에는 번역 투의 난해한 전문서적이 기다립니다. 앞서 살펴봤듯 번역 투 문체는 같은 말도 더 어렵게 표현하고 비문을 쓰는 경우도 많습니다.

이렇게 16년 이상 건조하고 난해한 글만 읽은 사람이 자기 글도 어렵게 쓰는 것은 당연합니다. 쉽게 표현하는 법을 배운 적이 없기 때문입니다. 거기다 자신을 '필자'로 칭하기까지 하면, 맙소사 소리가 절로 나옵니다. 유력 일간지의 주필이나 논설위원이 아니라면 스스로를 필자라고 부르고픈 욕망은 가급적 억누르는 것이 좋습니다. 독자를 도망치게 하기에 딱 좋은 호칭이기 때문입니다.

스스로를 필자라고 칭하는 정도는 아니었으나 제 글도 어렵기는 마찬가지였습니다. 방송국에 들어와서 가장 많이 들은 이야기도 "글이 난해하다"였습니다. "이해가 안 된다, 너무 학술적이다, 방금 논문을 쓰고 온 사람이 쓴 것 같다…" 고맙게도 다들 진짜 하고 싶었던 마지막 말은 참아주었습니다. "대체 누가 알아들으라고 쓴 것이냐!"

학부만 졸업해도 일간지의 60대 주필처럼 쓰는데, 제 경우엔 두 번의 대학원 생활까지 더해졌으니 글에 먹물이 잔뜩 배어 있는 것도 무리는 아닙니다. 거기다 작가 병까지 걸려서 틈만 나면 어설픈 문장 실력을 뽐내려 들었습니다. 잘난 척에 허세까지 치덕치덕 긴 글을 써오니 피디와 선배 작가에게 숱한 굴욕을 당할 수밖에 없습니다.

그러나 이 굴욕의 10년이 없었다면 저는 지금도 왜 제 글엔 '좋아요'가 달리지 않는 것인지 의아해하고 있을 겁니다. 사실 처음에는 제 글을 이해하지 못하는 그들이 문제라고 생각했습니다. 어렵게 쓰는 사람들의 전형적인 사고방식입니다. 작가가 독자를 탓하기 시작하면 읽히는 글은 다 썼다고 봐야 합니다. 잘난 척하는 글로는 결코 사람들의 마음을 사로잡을 수 없기 때문입니다. 여러분의 글이 두루 읽히기를 바란다면 쉽게 써야 합니다.

유시민 작가는 어려운 개념도 쉽게 풀어쓰는 것으로 잘 알려져 있습니다. 글쓰기 책으로 무려 10만이 넘는 독자의 선택을 받은 것을 보면, 사람들은 정치 성향에 상관없이 그의 글을 좋아하는 것이 분명합니다. 그도 그럴 것이 유시민 작가의 글은 가독성이 좋고, 말하려는 내용이 분명하고, 무엇보다 솔직하기 때문입니다.

『거꾸로 읽는 세계사』는 단지 많이 팔렸을 뿐이다. 훌륭한 책은 아니다. 문장을 잘 쓴 책도 아니었다. 나는 그 사실을 이오덕 선생의 『우리글 바로 쓰기』를 읽고서 뒤늦게 깨달았다. 아무 생각 없이 일본어와 영어 문법을 따라 썼고, 공연히 어려운 한자 말을 남용했으며, 쓸데없이 길고 복잡한 문장을 늘어놓았다. 그게 부끄러워서 크게 잘못 쓴 문장만이라도 손 닿는 만큼 바로잡아 개정판을 냈다. 하지만 개정판도 문장이 훌륭하다고 하기는 어렵다.

(유시민, 『유시민의 글쓰기 특강』)

『거꾸로 읽는 세계사』는 유시민 작가가 20대에 쓴 책입니다. 자신이 쓴 책을 이렇게까지 비판하는 것은 웬만한 내공으로는 하기 어려운 일입니다. 게다가 이렇게 비판한 책도 어지간한 학술 서적보다 훨씬 쉽고 명료하게 쓰여 있습니다. 유시민 작가라면 누구보다 난해한 학술 언어에 익숙할 텐데도 어려운 말로 독자를 가르치려 들지 않습니다. 특히 최근 나온 책들은 인류나 보편, 민족 같은 거창한 개념으로 에둘러 논지를 흐리지도 않습니다. 정확하게 의견을 밝히고 합당한 근거를 제시합니다. 그저 약간의 잘난 척이 있을 뿐입니다. 이 점을 감안하더라도 그의 글은 고수의 글이라고 할 만합니다. 아마 글쓰기에 대해 이런 관점을 갖고 있기 때문일 겁니다.

> 글은 지식과 철학을 자랑하려고 쓰는 게 아니다. 내면을 표현하고 타인과 교감하려고 쓰는 것이다. (…) 화려한 문장을 쓴다고 해서 훌륭한 글이 되는 게 아니다. 사람의 마음에 다가서야 훌륭한 글이다. (유시민, 앞의 책)

사실 멋진 문장에 대한 집착은 글쓰기를 배우는 사람보다 가르치는 사람에게 더 강하게 나타납니다. 글쓰기 강사라면 이 정도는 쓸 줄 알아야 한다는 강박 때문에 은유와 수식어를 남발하는 경우가 많습니다. 그런 글은 오히려 잘 읽히지 않습니다. 문장을 짚어가며 의미를 한동안 고민해야 할 때도 있고, 때로는 과한 수식에 손가락이 오그라들기도 합니다. 이런 과시용 문장은 의미 전달을 방해하기만 할 뿐입니다. 멋진 문장을 읽고 싶은 독자라면 애초에 글쓰기 책이 아니라 한강 작가의 소설이나 최승자 시인의 시집을 펼쳤을 것입니다. 문학 작품을 쓰는 게 아니라면, 쉽게 읽히는 글로 독자의 마음에 더 가까이 다가가기 바랍니다.

✉ 실은, 게을러서 어렵게 쓰는 겁니다

그런데 글을 많이 안 써본 사람일수록 더 어렵게 쓰는 경향이 있습니다. 두 가지 이유 때문입니다. 첫째, 어렵게 쓰는 게 더 편하기 때문입니다. 이 말이 이해가 안 되는 분들은 당장 확인할 방법이 있습니다. 펜과 종이를 들고 현재 여러분이 하는 일을 글로 설명해보기 바랍니다. 구체적으로 어떤 일을 하고 있고, 이 일을 하기 위해 어떤 기술이 필요한지 등을 세세히 적어보기 바랍니다.

> 나는 방송작가다. 방송작가는 프로그램의 원고를 쓰는
> 사람으로, 구성안과 촬구, 그리고 내레이션을 쓴다. 그러나
> 원고 작성은 방송작가가 하는 일의 빙산의 일각일 뿐이
> 다. 방송작가는 프로그램 슈팅 전 기획부터 촬영, 편집, 후
> 작업에 이르기까지, 프로그램 제작 전반에 참여해야 한다.
> 또 전문가 섭외, 출연진 섭외, 장소 섭외, 사전 인터뷰, 아
> 이템 선정, 그리고 큐카드 제작 같은 사소한 일까지 전부
> 작가들의 몫이다. 그래도 명색이 입봉 작가라면 모든 역
> 량을 원고 작성에 집중시켜야 할 것이다. 그러나 앞엣것들
> 을 다 하고 나면 쓸 기운이 남아 있지 않다. 그럴 땐 대충
> 첫 구다리에서 니주를 깔고 두 번째에 야마를 쳐주면 피
> 디가 원고를 가지고 크게 트집을 잡진 않는다.

　이 글은 방송국에서 몇 개월만 일해본 사람이라면 쉽게
알 수 있는 내용입니다. 하지만 방송과 관련이 없는 대부분의
분들은 대체 무슨 말을 하는 건지 이해하기 어려울 겁니다. 일
본어가 줄줄이 사탕처럼 들어간 마지막 문장을 제외하더라도

구성안이나 촬구, 후작업, 큐카드처럼 방송국에서만 사용하는 업계 용어가 잔뜩 들어가 있기 때문입니다.

여러분이 쓴 글도 다른 업계 친구들에게 보여주면 비슷한 반응을 보일 겁니다. 친구는 대략적인 내용은 이해하겠지만 어떤 단어들에서는 고개를 갸웃할 겁니다. 중고등학생 자녀가 있는 분이라면 이런 반응을 좀 더 분명히 관찰할 수 있습니다. 업계 사람만 아는 전문 용어와 어려운 한자어 표현이 글 곳곳에 들어가 있기 때문입니다. 그러나 정작 글을 쓴 여러분은 이런 단어를 썼다는 사실조차 기억하지 못할 겁니다. 으레 쓰는 표현을 습관적으로 사용했기 때문입니다.

제가 쓴 글도 마찬가지입니다. 하나하나 살펴보면, "방송작가가 하는 일의 빙산의 일각일 뿐이다"라고 쓰는 대신 "방송작가가 하는 일의 일부일 뿐이다"라고 쓰는 것이 더 간결하고 명확합니다. "그래도 명색이 입봉 작가라면 모든 역량은 원고 작성에 집중시켜야 할 것이다"라고 쓴 문장도 과도한 한자어 사용으로 인해 가독성이 좋지 않습니다. "그래도 작가라면 원고를 쓰는 일에 가장 집중해야 할 것이다"라고 쓰는 것이 읽기도 쉽고 의미도 더 분명하게 전달할 수 있습니다. 그런데도 굳이 어려운 한자어를 쓴 이유는 이런 표현이 더 익숙하기 때문입니다. 책이나 신문에서 '명색이 ~라면'이나 '역량을 집중시키다'와 같은 표현을 자주 접하다 보니 글을 쓸 때도 자동으로 나오는 겁니다. 즉 익숙하고 편해서 어려운 표현을 쓰는 거라고 할 수 있습니다.

무엇보다 이 문장에는 쓰면 안 되면 표현이 포함돼 있습니다. 바로 '입봉'이라는 단어입니다. 방송국에서는 작가나 피디가 처음 자기 원고를 쓰거나 프로그램을 만드는 것을 '입봉한다'고 표현합니다. 영화계나 연극계 같은 미디어 업계에서 전반적으로 사용하는 용어인데, 사실 쓰면 안 되는 말입니다. 일본 화류계에서 '견습 과정을 마친 기생'을 칭하는 은어에서 유래한 표현이기 때문입니다. 그러나 워낙 많이 사용되다 보니 습관적으로 혹은 이 단어를 대체할 표현을 생각하기 귀찮아서 그냥 쓰고 맙니다. 즉 우리는 단지 그렇게 하는 것이 편해서 쓰면 안 되는 업계 용어를 쓰고, 어려운 한자어를 쓰는 겁니다.

결국 어렵게 읽히는 글이란, 작가가 쓰는 편의를 위해 독자를 불편하게 하는 글이라고 할 수 있습니다. 즉 쓰는 사람이 쏟아야 할 지적인 노력을 읽는 사람에게 전가한 글인 겁니다. 반대로 쉽게 읽히는 글이란, 독자의 읽는 품을 덜기 위해 작가가 지적으로 더 공을 들여 쓴 글을 의미한다고 할 수 있습니다. 요컨대 쉬운 글이 더 지적인 글인 겁니다. 앞의 예시문도 지적으로 더 부지런을 떨면 이런 식으로 쉽게 표현할 수 있습니다.

나는 방송작가다. 방송작가는 프로그램 원고를 쓰는 사람으로 원고에는 크게 구성안과 촬영 구성안, 그리고 내레이션이 있다. 구성안은 영상을 분 단위로 세분화하여 설명한 글이고, 촬영 구성안은 촬영 감독이 어떤 영상을 찍어야 하는지 설명한 글을 말한다. 그리고 내레이션은 편집이 끝난 영상에 들어가는, 목소리 해설 글을 의미한다. 그러나 원고 작성은 방송작가가 하는 일의 극히 일부에 불과하다. 프로그램을 기획하는 단계부터 촬영, 편집, 마지막 보정 작업에 이르기까지, 작가는 프로그램 제작 전반에 참여한다. 전문가 섭외, 출연자 섭외, 장소 섭외, 사전 인터뷰, 다음 회 주제 선정부터 출연자의 대사가 적힌 카드 제작까지, 전부 작가의 몫이다. 그래도 작가라면 모든 업무 가운데 원고 작성에 가장 집중해야겠지만, 앞엣것들을 다 하고 나면 쓸 기운이 남아 있지 않다. 그럴 땐 원고 앞부분에서 분위기를 잡고 다음 장에 볼거리를 제공하는 방식으

│　로 글을 구성하면 피디에게 크게 트집 잡힐 일은 없다.

✉　　　　　　## 개념 자체가 어렵다는 것도 게으른 겁니다

　　물론 일상의 언어로는 도저히 설명할 수 없는 어려운 이론도 있습니다. 물리학이나 철학 이론이 그렇습니다. 그러나 내용이 어렵다고 쉬운 말로 설명하려는 노력을 놓아버리고 전문용어와 관념어에만 의존한다면, 그 역시 지적으로 게으른 글이라고 할 수 있습니다. 글의 본질적인 목적은 '소통'에 있습니다. 아무리 어려운 이론이라도 대중들에게 설명할 수 있어야 연구 성취도 폭넓게 인정받을 수 있고 대중적인 연구 지지 기반도 마련할 수 있습니다. 어려운 분야일수록 쉬운 글쓰기가 더 필요한 이유입니다.

　　그런데 어렵게 설명한 글보다 더 안 좋은 글도 있습니다. 바로 쓰는 사람도 이론의 내용을 이해하지 못하고 쓴 글입니다. 우연히 심리학 관련 사이트에 들어갔다가 '자기결정성' 이론에 대해 이렇게 설명한 글을 본 일이 있습니다.

자기결정성 이론은 개인이 가지는 행동 동기에 근원을 갖고 인간의 내재적 동기 및 외재적 동기로 인해 발현되는 행동 양상이나 가치가 내면화되며 동기가 형성되는 과정에 초점을 맞춘 이론으로 능력에 대한 믿음에 관한 유능성 측면, 자신이 선택할 수 있을 때 동기가 상승하는 자율성 측면, 긍정적 관계를 맺고자 하는 욕구와 관련한 관계성 측면으로 나눠볼 수 있다. (원문 변형 발췌)

분명 한글로 쓰여 있지만 정말 우리말이 맞는지 의심이 갈 정도로 난해한 글입니다. 이런 글은 독자에게 정보를 주기는커녕 오히려 독자를 혼란스럽게 할 뿐입니다. 반대로 심리학을 아는 사람에게는 너무 기본적인 내용이라 어떤 새로운 정보도 주지 못합니다. 결국 누구에게도 도움을 주지 못하고 모두의 시간만 뺏는 글이라고 할 수 있습니다.

이 글이 잘 읽히지 않는 이유는 단순히 어려운 단어가 많아서가 아닙니다. 첫째, 주술 호응이 안 돼 있고, 둘째, 학술 용어가 지나치게 많고, 셋째, 일곱 줄이나 되는 내용을 한 문장 안에 욱여넣었기 때문입니다. 이것이 함의하는 바는 분명합니다. 바로 글을 쓴 사람도 자신이 무슨 말을 하고 있는지 제대로 모른다는 겁니다. 내용을 제대로 알지 못하니 어려운 용어와 복잡한 문장 구조 뒤에 숨은 거라고밖에 할 수 없습니다.

어려운 개념을 설명하는 글일수록 글 자체는 쉽게 읽히도록 써야 합니다. ① 주어와 술어가 호응하게 하고 ② 단문을 사용하며 ③ 주요 개념 외에는 일상의 언어로 설명하여 최대한 읽는 사람의 편의를 배려해야 합니다. 그리고 무엇보다, 설명하려는 이론에 대해 정확히 알고 있어야 합니다. 그렇지 않으면 쉬운 언어로 바꾸는 과정에서 내용의 왜곡이 일어날 수 있습니다. 이 점에 유의하여 앞의 글을 퇴고해보겠습니다.

자기결정성 이론은 동기에 따라 개인의 행동이 어떻게 달라지는지를 설명하는 이론이다. 먼저 이 이론은 우리의 행동이 내재적 동기와 외재적 동기에 따라 발현되는 양상이 어떻게 달라지는지를 설명한다. 또 가치가 내면화되어 동기가 만들어지는 과정에 대해서도 설명해준다. 이런 자기결정성 이론은 크게 세 가지 측면에서 살펴볼 수 있는데, 첫 번째는 능력에 대한 믿음인 유능성 측면이고, 두 번째는 자신이 스스로 선택할 때 동기가 강해지는 자율성 측면이다. 그리고 마지막 세 번째는 다른 사람들과 긍정적인

| 관계를 맺고자 하는 욕구인 관계성의 측면이다.

먼저, 원글의 신뢰도가 낮아 실제 이론의 내용과 다를 수 있으니 글쓰기와 관련된 부분만 보기 바랍니다. 일단, 주술 호응과 단문의 사용으로 이론의 윤곽은 분명해졌으나 여전히 글이 매끄럽게 읽히지는 않습니다. '내재적 동기', '내면화', '관계성' 같은 어려운 용어들이 그대로 남아 있기 때문입니다. 이런 학술 용어는 고유명사처럼 사용되기 때문에 임의로 쉬운 말로 바꾸면 안 됩니다. 예를 들어 '낯설게 하기'라는 문학 용어를 쉽게 표현하겠다고 '어색하기 하기', '불편하게 하기' 등으로 바꾸면 아예 틀린 말이 돼버립니다. 익숙하고 친밀한 사물이나 개념을 낯설게 묘사하는 기법을 뜻하는 용어는 '낯설게 하기'이기 때문입니다.

두 번째로, '내면화'나 '관계성'처럼 단어 뒤에 '~화化'나 '~성性'을 붙여 만든 한자식 표현은 글을 난해하게 만드는 대표 요소입니다. 따라서 전문 용어를 사용해야 하는 경우가 아니면 우리말로 쉽게 표현하기 바랍니다. 특히 '관계성'은 표준어가 아니므로 심리학과 관련된 글이 아니면 사용하지 않는 게 좋습니다.

앞에서 글을 어렵게 쓰는 두 가지 이유에 대해 말씀드렸습니다. 첫 번째는 어려운 표현을 사용하는 것이 더 편하기 때문이고, 두 번째는 작가가 내용 자체를 이해하지 못했기 때문입니다. 이어서 세 번째 이유를 말씀드리면, '똑똑해 보이고 싶어서'입니다. 바로 이런 문장이 잘난 척하는 글쓰기의 전형이라고 할 수 있습니다.

> 관계성에 방점이 찍힌 글이 전문지식을 가르치는 글보다 높은 선호를 받게 된다. (원문 변형 발췌)

어느 글쓰기 책에서 일반인들이 쓴 일상 에세이가 전문가들이 쓴 책보다 인기가 있는 이유를 설명한 문장입니다. 고작한 줄밖에 안 되는 문장에 '관계성', '방점', '선호를 받게 된다'와 같이 어려운 표현이 무려 세 개나 들어 있습니다. 심지어 이 표현들을 '방점이 찍힌', '선호를 받게 된다'처럼 피동형으로 한 번 더 비틀어 사용하면서 문장의 의미가 더욱 모호해졌습니다. "관계성을 중요하게 다룬 글이 전문지식을 가르치는 글보다 더 인기가 많다" 혹은 "사람들은 관계성을 중요하게 다룬 글을 전문지식을 가르치는 글보다 더 좋아한다"라고 표현하는 것이 훨씬 쉽고 명확합니다.

그러나 이 문장의 근본적인 문제는, '관계성에 방점이 찍힌 글'의 의미가 분명하지 않다는 데 있습니다. 이 말만 보면 '관계에 대해 쓴 글'을 뜻하는 것처럼 보이나 문장 앞에서 설명한 내용은 전혀 맥락이 다릅니다. 앞에서는 일상 에세이 저자는 전문가 저자와 달리 독자와 적극적으로 소통하기 때문에 더 많은 사랑을 받는다고 설명하고 있습니다. 이 맥락에서 보면 '관계성에 방점이 찍힌 글'이 가리키는 것은 '독자와 소통을 잘하는 에세이 작가가 쓴 글'입니다. 그렇다면 '관계성에 방점이 찍힌 글'이라는 표현은 적절하지 않습니다. '독자와 소통을 잘하는 작가의 글' 혹은 단순히 '일상 에세이 글'이라고 표현하는 것이 더 정확합니다. 문장 전체를 비교하면 그 차이를 분명히 알 수 있습니다.

> <원문>
> 관계성에 방점이 찍힌 글이 전문지식을 가르치는 글보다 높은 선호를 받게 된다.

<수정 글>

독자와 소통을 잘하는 에세이 작가의 글이 전문지식을 가르치는 글보다 더 인기가 많다.

첨삭 수업을 하면 이렇게 쉽게 표현할 수 있는 문장도 굳이 어려운 한자어나 피동형 표현을 써서 가독성을 떨어트리는 경우를 종종 보게 됩니다. 이유는 분명합니다. 어렵고 난해한 표현을 쓰면 배운 사람처럼 보일 거라고 믿기 때문입니다. 그러나 한자어와 번역 투 표현을 남발할수록 의미 전달력은 떨어지고 오히려 비문을 쓸 확률만 높아집니다. 공연히 애를 써서 글의 품질을 더 떨어트리는 격입니다.

사람은 누구나 다른 사람에게 잘나 보이고 싶습니다. 그러나 그런 마음이 들수록 쉽게 써야 합니다. 어떤 개념이든 쉽게 전달하는 글이야말로 지적인 글이고 고수의 글이기 때문입니다. 곰곰이 생각해보면 인류사에서 가장 중요한 진리를 담은 글들은 전부 쉬운 말로 쓰여 있습니다. 성경이 그렇고 탈무드가 그렇습니다. 불경이 어렵다고는 하지만 부처님 말씀을 직접 옮긴 초기 경전은 중학생도 이해할 수 있을 정도로 쉽습니다.

작가는 선생님이 아닙니다. 우리는 누구를 가르치려고 쓰는 것이 아닙니다. 그저 사람들에게 도움이 되기 위해 정보를 제공하고 정서적 위로를 건네기 위해 쓰는 겁니다. 본질은 소통에 있습니다. 독자와 소통하지 못하는 글은 죽은 글이나 다름없습니다. 그러니 어려운 내용일수록 쉽게 쓰기 바랍니다.

같은 이유로, 이메일을 보낼 때 괜히 '누구누구 배상'이라고 쓰지 않기 바랍니다. '배상拜上'은 절하며 올린다는 뜻입니다. 이메일을 절까지 하면서 보낼 필요는 없습니다. '드림'과 '올림'만으로 여러분은 충분히 예의 바르게 메일을 보내는 겁니다. 마찬가지로 굳이 '결재를 득하다'라고 표현할 필요가 없습니다. '결재를 받았다'라고 쓰는 것이 더욱 분명하게 의미를 전달합니다. 쉽게 쓰기 바랍니다.

보기에 더러운 글이
읽기에도 더럽습니다

또 퇴고 이야기입니다. 지겨워도 어쩔 수 없습니다. 잘 쓴 글인지 아닌지는 지우고 고치는 과정을 얼마큼 악착같이 하냐에 달려 있기 때문입니다. 이름난 작가들이라고 해도 피할 수 없는 과정입니다. 퇴고를 꼼꼼히 하는 만큼 글은 분명히 더 좋아집니다. 다만 지적 에너지가 워낙 많이 사용되는 일이다 보니 그 과정에서 글쓰기가 싫어질 수도 있습니다. 따라서 평소에는 너그럽게 글을 쓰다가 어느 날 문득, '이제 제대로 써볼까?' 하는 생각이 들 때 이 장을 펼쳐보기 바랍니다.

2장에서 퇴고는 다음의 세 단계를 거쳐 진행된다고 말씀드렸습니다.

논리 다듬기 → 쳐내기 → 정교화

이 중 가장 난이도가 높은 단계가 세 번째, 정교화 단계입니다. 글의 품질은 이 정교화 단계에서 결정된다고 할 수 있습니다. 정교하게 퇴고할수록 글의 품질은 더욱 올라갑니다. 정교화 단계까지 치밀하게 했다면, 여러분의 글은 논리적이고 군더더기도 없는 데다가 가독성까지 좋을 겁니다. 거기에 어떤 이야기가 담겨 있든 독자들은 여러분의 글에 사로잡힐 수밖에 없습니다.

이 마성의 정교화 첫 단계가 바로 '주술 호응'입니다. 주어와 술어를 호응시키는 것은 글쓰기의 기본 중의 기본입니다. 번역 투 문체나 어려운 한자어 남용은 표현의 문제로 넘길 수 있지만, 주술 호응은 '맞고 틀리고'의 문제입니다. 반드시 맞게 써야 합니다. 하지만 주술 호응은 문장의 길이가 조금만 길어져도 놓치기 쉽습니다. 글쓰기라면 인이 박였을 다큐멘터리 작가도 그렇습니다.

> 고립된 산골에서 살아간다는 건 스스로 해결해야 할 일이 한두 가지가 아닙니다. 하지만 잦은 폭설은 누군가에게는 고난일 수 있겠지만, 그 속에 살다 보면 대수롭지 않은 일이 될 수 있습니다.

어느 날 우연히 본 다큐멘터리에서 나온 내레이션입니다. 아무리 멋진 풍경을 보여줘도 이렇게 주술 호응도 안 되는 문장이 흘러나오면 영상에 집중하기 어렵습니다. 만일 책의 첫 문장이 이렇게 쓰여 있다면 여러분은 책의 전체 내용을 신뢰할 수 없을 겁니다. 이런 기본적인 것도 틀리는데 다른 건 믿을 수 있을지 의구심이 들기 때문입니다. 그래서 맞고 틀리고의 문제는 물러서면 안 됩니다. 물론 내레이션은 영상과 호흡을 맞춰야 해서 일반 글쓰기보다 훨씬 난이도가 높습니다. 또 방송 제작이 워낙 쉴 틈 없이 돌아가다 보니 분명 급하게 원고를 넘겼을 겁니다. 바쁘셨을 작가님을 위해 대신 문장을 퇴고해드리겠습니다.

먼저 첫 문장, "고립된 산골에서 살아간다는 건 스스로 해결해야 할 일이 한두 가지가 아닙니다"부터 살펴보겠습니다. 이 문장은 주어와 술어가 전부 '절'의 형태로 돼 있는 복문입니다. 이 문장을 분해하면 '고립된 산골에서 살아간다'와 '스스로 해결해야 할 일이 <u>한두 가지가 아니다</u>', 두 문장으로 나뉩니다. 그런데 두 번째 문장의 서술어인 '아니다'를 전체 문장의 서술어로 사용하면서 주술 호응이 어긋나 버렸습니다. '아니다'는 바로 앞의 '한두 가지'를 주어로 받고 있기 때문에 전체 문장의 서술어로 쓸 수 없습니다. 이런 경우에는 전체 문장의 주어, '고립된 산골에서 살아간다는 건'을 받아줄 적절한 서술어를 추가해주면 됩니다.

"고립된 산골에서 살아간다는 건 스스로 해결해야 할 일이 한두 가지가 아님을 <u>의미합니다</u>."

이제 주술 호응은 제대로 됐습니다. 그러나 표현이 지나치게 문어적이어서 다큐멘터리 내레이션으로는 적절하지 않습니다. 이럴 땐 다른 방법으로 퇴고해봅니다.

"고립된 산골에서 살기 위해서는 스스로 해결해야 할 일이 한두 가지가 아닙니다."

전체 문장의 주어를 수식 어구로 바꿔 연결하니 훨씬 자연스러워졌습니다. 다큐멘터리 내레이션으로도 손색이 없어 보이니 두 번째 문장으로 넘어가겠습니다.

"하지만 잦은 폭설은 누군가에게는 고난일 수 있겠지만, 그 속에 살다 보면 대수롭지 않은 일이 될 수 있습니다."

두 번째 문장은 첫 번째 문장보다 문제가 훨씬 복잡합니다. 먼저, '하지만'이라는 접속사의 사용이 적절하지 않고, '있겠지만' 앞뒤로도 문장의 의미가 자연스럽게 연결되지 않습니다. 주어인 '폭설'이 문장 뒷부분에서 제 역할을 못 하기 때문입니다. 이는 문장 앞부분과 뒷부분의 구조를 맞춰주지 않아 생긴 문제입니다. 이 경우 문장의 구조를 맞춰서 주어와 술어를 호응시켜주면 됩니다.

"하지만 잦은 폭설은 누군가에게는 고난일 수 있겠지만, 그곳에 사는 사람에게는 대수롭지 않은 일이 될 수 있습니다."

이제 주술 호응은 바르게 됐는데, 여전히 첫 번째 문장과의 연결이 자연스럽지 않습니다. 앞에서는 고립된 산골에서 사는 것은 어려운 일이라고 해놓고, 여기서는 폭설도 대수롭지 않다고 말하는 꼴이 됐기 때문입니다. 그래서 원글의 작가도 의미가 통하도록 무리하게 '살다 보면'이라는 단어를 넣다가 주술 호응을 놓쳤을 겁니다. 이럴 땐 글의 논리부터 제대로 잡아주면 됩니다. "고립된 산골에서 사는 건 고되지만(첫 번째 문장), 그 생활에 익숙해지면 폭설도 대수롭지 않게 된다(두 번째 문장)." 이렇게 논리를 정확하게 세우면 퇴고의 방향도 분명해집니다.

"하지만 <u>그곳에서 계속 살다 보면</u>, 잦은 폭설도 고난이 아니라 대수롭지 않은 일이 됩니다."

이제 글의 의미가 분명해졌습니다. 이렇게 퇴고를 하다 보면 쓸 때 모르고 지나쳤던 엉킨 생각의 타래를 곳곳에서 발견할 수 있습니다. 그럴 때는 주어와 술어만 호응시켜줘도 문제의 대부분이 해결됩니다. 그래서 주술 호응을 기본 중의 기본이라고 말하는 겁니다. 퇴고한 글을 원문과 비교하면서 주술 호응의 중요성을 다시 확인해보기 바랍니다.

<원문>

고립된 산골에서 살아간다는 건 스스로 해결해야 할 일이 한두 가지가 아닙니다. 하지만 잦은 폭설은 누군가에게는 고난일 수 있겠지만, 그 속에 살다 보면 대수롭지 않은 일이 될 수 있습니다.

<퇴고 후>

고립된 산골에서 살기 위해서는 스스로 해결해야 할 일이 한두 가지가 아닙니다. 하지만 그곳에서 계속 살다 보면 잦은 폭설도 고난이 아니라 그저 대수롭지 않은 일이 됩니다.

♡   단문 쓰기

단문은 주어와 술어가 한 개씩만 들어간 문장을 말합니다. 그 이상 들어간 문장은 복문이라고 합니다. 많은 글쓰기 강

사들이 단문 쓰기의 중요성을 강조하는 이유는 복문이 특별히 나쁜 문장이어서가 아닙니다. 단문을 쓰면 실수를 덜 하기 때문입니다. 길고 복잡한 복문을 실수 없이 완벽하게 구사하는 것은 글쓰기 고수에게도 어려운 일입니다. 단순히 문장의 길이만 길어져도 주술 호응을 놓치는데, 주어와 술어가 두 개 이상 얽혀 있으면 비문을 쓴지도 모르고 그냥 지나가기 일쑵니다. 생각을 정확하게 전달하고 싶으면 단문을 쓰는 게 좋습니다.

그런데 사람들은 왜 쉬운 단문을 놔두고 굳이 길고 복잡한 복문을 쓰는 걸까요? 말하는 습관 때문에 그렇습니다. 말을 할 때 우리는 문장을 단문으로 끊어서 이야기하지 않습니다. 접속사를 사용해 마치 영원히 말할 것처럼 문장을 이어갑니다.

내가 어제 책을 읽고 있는데, 우리 애가 옆에서 다리를 자꾸 달달달 떨어가지고, 내가 너무 신경이 거슬려서 뭐라고 했더니, 우리 애가 글쎄, 내 다리도 내 마음대로 못 하냐고 도끼눈을 뜨고 대드는데, 내가 진짜 어이가 없어가지고, 저걸 한 대 쥐어박아야 하나 말아야 하나 막 머리를 굴리 이렇게 말은 끊김 없이 이어져야 듣는 사람의 흥미를 돋울 수 있지만, 글은 아닙니다. 글을 이렇게 쓰면 말할 때는 문제 되지 않던 비문들이 군데군데 드러나면서 가독성을 크게 떨어트리게 됩니다. 내용을 정확하게 전달하고 싶다면 어떤 장광설이라도 단문으로 끊어서 쓰기 바랍니다.

어제 책을 읽는데 곁에서 아이가 자꾸 다리를 떨었다. 신경에 거슬려 아이에게 다리를 떨지 말라며 싫은 소리를 했다. 그랬더니 아이가 도끼눈을 뜨고 "제가 제 다리도 마음대로 못 해요?"라며 대들었다. 순간 화가 치밀어 '저걸 한 대 쥐어박아?' 하고 있는데 느닷없이 전화벨이 울렸다. 어머니였다.

그런데 쓰다 보면 단문을 쓰는 게 어쩐지 더 어렵게 느껴질 겁니다. 우리가 평소 쓰는 언어습관과 달라서 그렇습니다. 사실 우리는 복잡하게 쓰는 것을 오히려 더 편하게 느낍니다.

그러나 편하게 쓴 장문은 가독성이 떨어지는 반면 힘들게 주의를 기울여 쓴 단문은 쉽고 정확합니다. 말에는 말의 법이 있고 글에는 글의 법이 있습니다. 말하는 습관대로 글을 쓰면 글의 법칙에 어긋나게 됩니다. 말하듯이 쓰라는 조언을 문자 그대로 받아들이면 안 되는 이유가 여기에 있습니다.

✉ 말하듯이 쓰랬다고 진짜 입말을 쓰면 곤란합니다

글을 어떻게 시작해야 할지 모르겠을 때 '말하듯이 쓰라'는 조언은 매우 유용합니다. 친구에게 이야기를 건넨다고 생각하면 쓰지 못할 글이 없기 때문입니다. 앞서 고백했듯, 방송작가가 된 후로도 저는 한동안 글을 딱딱하고 난해하게 썼습니다. 그전까지 가장 공들여 쓴 글이 두 편의 석사 논문이기 때문입니다. 그러나 해를 거듭해 원고를 쓰면서 제 글은 점점 쉽고 간결하게 바뀌어갔습니다. 방송은 중학교 3학년도 알아들을 수 있게 만들어야 한다는 불문율이 있어서 조카에게 말한다고 생각하고 썼더니 생긴 변화였습니다.

조카가 없다고 걱정할 필요는 없습니다. 저도 없습니다. 그저 가까운 누군가에게 말을 건넨다고 생각하고 쓰면 첫 문장의 두려움이 사라집니다. 표현 방식이나 단어 사용도 더 쉽고 명료해집니다. 많은 글쓰기 책에서 "말하듯이 쓰라"고 하는 이유가 여기에 있습니다. 그러나 이는 걸러들어야 할 조언이기도 합니다. 말하듯이 쓰라는 말은 입말을 그대로 옮겨 적으라는 뜻이 아닙니다. 말하는 것처럼 편안하게 문장을 시작하고, 또 말할 때처럼 쉽고 간결하게 쓰라는 의미입니다. 아무리 정제된 말을 구사하는 사람이라도 입말을 그대로 글로 옮기면 맥락도 이해하기 어려운 글이 됩니다. 세계적인 석학이라고 다르지 않습니다.

출연자의 태반이 노벨상 수상자인 EBS 〈위대한 수업〉 제작에 참여했을 때 저는 교재를 만드는 일도 맡게 됐습니다. 출연자들이 워낙 말 한마디로 세계에 영향을 미치는 분들인지라 처음에는 출연자들이 방송에서 한 말을 그대로 교재에 옮기려고 했습니다. 그러나 숱한 비문과 단발적으로 끊기는 이야기 흐름에 도저히 그대로는 교재를 펴낼 수가 없었습니다.

방송은 출연자의 표정과 손짓, 자막과 효과음 같은 다양한 보조 수단을 함께 보여주기 때문에 말이 끊기거나 갑자기 이야기 흐름이 전환돼도 별로 어색하지 않습니다. 그러나 글은, 지면 위에 적힌 문자만으로 모든 의미를 파악해야 하기에 주술 호응만 안 돼도 전달력이 반감됩니다. 그래서 입말을 그대로 옮긴 글은 석학 아니라 석학 할아버지가 한 말이라고 해도 이해하기 어렵습니다. 결국, 저는 글을 거의 새로 쓰는 수준으로 말을 다듬어야 했습니다.

다시 말하지만, 말에는 말의 법이 있고 글에는 글의 법이 있습니다. 말할 때의 언어습관을 글쓰기에 적용하는 것은 글의 법칙에 어긋나는 일입니다. 말하듯이 글을 시작하는 것도 좋고, 말하듯이 쉬운 문장을 쓰는 것도 좋지만, 글은 글의 법에 맞게 써야 합니다.

✉️   그렇게 번역하면 안 됐었었습니다?

대학 교재 중에는 영미권 원서를 번역한 책이 많습니다. 지금은 번역의 질이 굉장히 좋아졌습니다만, 1980~1990년대에 출간된 번역서들을 보면 '과연 이게 한국어가 맞나?' 싶을 정도로 글이 난해합니다. 당시 표준어가 지금과 다른 탓도 있지만, 가장 큰 원인은 우리말 어법에도 맞지 않는 표현으로 무리하게 번역을 한 탓일 겁니다.

　그 대표적인 예가 바로 '대과거'라고 불리는 영어의 과거 완료 시제를 번역한 문장입니다. 흔히 우리말에는 대과거 용법 자체가 없다고 생각하는데, 그렇지 않습니다. 우리말에도 '−었었'과 같은 어엿한 대과거 시제가 존재합니다. 예를 들어 "저 선수는 왕년에 배구 선수<u>이었었다</u>"라는 문장은 『표준국어대사전』에도 올라와 있는, 바른 표현입니다. "그 사람은 노력을 많이 하였었다." 역시 마찬가집니다. 문법적으로 한 치의 오차도 없는 정확한 문장입니다.

　그런데 모든 동사에 '−었었'을 붙인다고 대과거가 되는 것은 아닙니다. '했었었다'나 '됐었었다'는 문법적으로 틀린 표현입니다. 그러나 과거에는 이 차이를 제대로 짚지 않고 영어의 대과거 시제를 기계적으로 '−었었다'라고 번역한 경우가 많았습니다. 그렇게 잘못 번역된 문장을 보고 배운 우리는 '했었었다'는 맞다고 느끼고, '이었었다'는 어쩐지 틀리다고 느끼게 된 것입니다.

　'했었었다'나 '됐었었다'는 잘못된 표현이니 사용하면 안 됩니다. 그러나 문법적으로 정확해도 사람들이 어색하게 느끼는 표현은 가능하면 쓰지 않는 것이 좋습니다. 그래야 쉽게 읽히기 때문입니다. 아래 예시 문장은 전부 문법적으로 바른 표현입니다. 이 중 어느 문장이 더 쉽게 읽히는지 직접 확인해보기 바랍니다.

- 노파가 어떻게 글을 썼었는지 사람들은 알지 못했다.
  → 노파가 어떻게 글을 썼는지 사람들은 알지 못했다.
- 노파는 4시에 저녁을 먹었었다고 말했다.
  → 노파는 4시에 저녁을 먹었다고 말했다.

엘리트들의 숨은 의도, 수동/피동형

그런데 대과거 시제보다 더 많이 사용되는 번역 투 표현이 있습니다. 바로 2장에서 살펴본 수동/피동형 표현입니다. 영어의 수동태 시제를 기계적으로 번역한 표현에 익숙해지다 보니 글을 쓸 때 자신도 모르게 수동/피동형 표현을 쓰는 경우가 많습니다. 예를 들어 정확하게 요구하고 요청하면 될 일을 '~이 요구된다' '~이 요청된다'라고 쓰는 식입니다. 그런데 여기서 그치지 않고 '~이 요구되어진다', '~이 요청되어진다'라고 한 번 더 피동 형태로 만드는 경우도 많습니다. 이를 이중 피동문이라고 하는데, 우리말 어법에는 틀린 표현이므로 사용해서는 안 됩니다.

이런 수동/피동형 표현은 주로 학술 서적이나 신문 논설에서 많이 찾아볼 수 있습니다. 1970~1980년대에 낮은 품질의 번역 책으로 대학 교육을 받은 엘리트들이 졸업 후 책을 쓰고 칼럼을 쓰는 위치로 갔기 때문입니다. 그래서 한때는 번역 투 표현을 배운 사람의 문체로 여기는 시절도 있었습니다만, 다 지나간 일입니다. 지금 번역 투 문체는 전달력도 떨어지고 가독성도 좋지 않은 나쁜 글쓰기 습관일 뿐입니다. 자주 쓰는 수동/피동형 표현을 아래와 같이 정리해드리니 참고하여 높은 품질의 글을 쓰기 바랍니다.

- 크고 작은 문제가 발생되고 있다. → 크고 작은 문제가 발생했다.
- 차별을 경험한 것으로 조사되어졌다. [이중 피동] → 조사에서 차별을 당했다고 답했다.
- 안전에 대해 낮아져 있는 인식 → 안전에 대한 낮은 인식
- 주의가 요구된다. → 주의해야 한다.
- 다르게 할 것이 요청된다. → 다르게 해야 한다.
- 그 주제가 다뤄졌다. → 그 주제를 다뤘다.

그런데 피동형 표현을 꼭 배운 사람처럼 보이기 위해서만 쓰는 것은 아닙니다. 다른 의도도 있습니다. 바로 책임 회피입니다. 예를 들어 여러분이 평소에 그다지 좋아하지 않는 남편의 친구 혹은 아내의 친구와 부부동반으로 만나기로 했다고 가정해보겠습니다. 왜 이리 꾸물대냐는 배우자의 잔소리를 들으며 정신없이 외출 준비를 하는데, 갑자기 배우자가 핸드폰 메시지를 확인하더니 천천히 준비하라고 합니다. 여러분이 왜 그러느냐고 묻자 배우자가 이렇게 답합니다. "어, 약속 시각이 한 시간 <u>늦춰졌어</u>."

이렇게 피동형으로 표현하면 문장에 행위의 주체가 드러나지 않기 때문에 마치 불가항력의 일로 약속 시각이 늦춰진 것 같은 느낌을 줍니다. "어, 친구가 한 시간 늦게 보자네"라고 할 때와는 전혀 다른 인상을 받게 되는 겁니다. 이런 특성 때문에 피동형 문장은 누군가 비난을 살 만한 행동을 했을 때 그 책임을 면하게 하려는 의도로 사용되곤 합니다. 예시문 역시 안 그래도 미운털이 박힌 친구가 욕을 덜 먹게 하려는 배우자의 의도가 숨어 있다고 할 수 있습니다. 유독 신문 기사에서 피동형 문장이 많이 보이는 것도 이런 의도와 무관하지 않을 겁니다.

- 이런 관행은 시정되어야 한다.

    → 행정부는 이런 관행을 시정해야 한다.

- 조속한 대책 마련이 요구된다.

    → 정부는 속히 대책을 마련해야 한다.

따라서 이런 피동형 문장을 보게 된다면, 그 뒤에 숨은 의도를 파악해 의미를 정확히 꿰뚫기 바랍니다. 반대로 여러분이 글을 쓸 때는 의도와 생각이 분명히 전달될 수 있도록 능동형 문장을 쓰기 바랍니다.

만들지도, 가지지도 말기 바랍니다

그 외에 자주 사용하는 번역 투 문체로는 ① 사동사 ② 상태 동사 그리고 ③ 'be' 동사를 직역한 표현이 있습니다. 먼저 ① 사동사는 영어의 have나 make처럼 목적어의 상태를 변화시키는 용법으로 사용되는 동사입니다. 그런데 이를 '~하게 시키다' 혹은 '~하게 만들다'라고 기계적으로 번역한 글에 익숙해지면서 글을 쓸 때도 이렇게 표현하는 경우가 많습니다. 우리말 어법에는 자연스럽지 않은 표현이므로 다음과 같이 퇴고하기 바랍니다.

- 거짓말을 시켰다. → 거짓말을 하게 했다.

- 특성을 두드러지게 만든다. → 특성을 두드러지게 한다.

두 번째로, '있다'라고 써야 할 자리에 '가지다'라고 표현하는 경우입니다. 영어의 ② 상태 동사 'have'를 '가지다'라고 직역한 번역문에서 유래한 번역 투 표현입니다. 우리말 어법에는 '있다'라고 표현하는 것이 자연스러우므로 아래와 같이 퇴고하기 바랍니다.

- 미팅을 가질 예정이다. → 회의가 있을 예정이다.

- 기회가 주어지면 → 기회가 생기면

- 동생은 나와 아주 다른 성격을 가지고 있다.

  → 동생은 나와 성격이 아주 다르다.

- 관심을 가지다. / 종교의 자유를 가지다. / 의미를 가지다.

  → 관심이 있다. / 종교의 자유가 있다. / 의미한다.

마지막으로, 진행 중인 상황을 나타내는 ③ 'be' 동사를 '있다'라고 기계적으로 번역한 데서 유래한 표현이 있습니다. 이 역시 우리말 어법에는 자연스럽지 않으므로 다음과 같이 퇴고하기 바랍니다.

- 열차가 도착하고 있습니다.

    → 열차가 도착했습니다. / 열차가 들어오고 있습니다.

- 충분한 설명이 있었다.

    → 충분히 설명했다.

그 외 글쓰기에서 관용어처럼 사용하는 번역 투 표현을 정리하였으니, 잘 살핀 후 퇴고에 활용하기 바랍니다.

- 아무리 강조해도 지나치지 않는다. → 매우 중요하다.
- 코로나에 걸릴 가능성을 배제할 수 없다. → 코로나에 걸릴 수 있다.
- 기부는 사람을 살리는 일에 다름 아니다. → 기부는 사람을 살리는 일이다.

퇴고의 핵심은 삭제에 있습니다. 불필요한 말들을 가지치기하듯 석석 쳐내야 글의 품질이 한 차원 더 올라갑니다. 그런데 정작 어떤 말이 불필요한 말인지, 또 불필요한 말은 얼마나 쳐내야 하는지, 잘 모르는 경우가 많습니다. 그래서 준비한 '쳐내기 목록'입니다.

접속사 절반은 쳐내기

문장을 시작할 때 접속사를 꼭 넣어야 안심하는 분들이 있습니다. 말하는 습관 때문에 그렇습니다. 말할 때 우리는 접속사를 넣어 이야기를 이어나가기 때문에 글을 쓸 때도 접속사가 없으면 어딘지 허전하다고 느끼는 겁니다. 그러나 글은 말처럼 사라지지 않습니다. 계속 지면 위에 남아 있기 때문에 앞뒤 문장을 보며 충분히 맥락을 파악할 수 있습니다. 오히려 불필요한 접속사의 사용은 글의 흐름을 방해하고 가독성을 떨어트릴 뿐입니다.

'그러나, 그리고, 그래서, 하지만, 그러므로, 그럼에도 불구하고, 그렇기 때문에' 중 절반은 삭제하겠다는 마음으로 퇴고

하기 바랍니다. 특히 맨 앞의 세 접속어, '그러나, 그리고, 그래서'는 '약한 연결어'로 문장에서 없어도 되는 경우가 대부분입니다. 접속사 사용을 최소화해서 가볍고 리듬감 있는 글을 쓰기 바랍니다.

부사의 70퍼센트는 쳐내기

글쓰기가 숙달되지 않은 사람일수록 유독 형용사를 못 믿음직스러워합니다. 형용사 하나만으로는 부족하다고 느껴 그 앞에 '엄청, 아주, 매우, 참, 진짜, 정말, 기실, 사실, 실은' 같은 부사를 넣습니다. 예를 들어 '설거지는 뜨거운 물로 하는 게 효율적입니다'라고 쓰면 될 것을 '설거지는 뜨거운 물로 하는 게 정말 효율적입니다'라고 쓰는 식입니다. 그러나 형용사는 혼자서도 자신의 역할을 충분히 해낼 수 있는 믿음직한 문장 요소입니다.

그런데도 불필요하게 부사를 사용하는 이유는 역시 말하는 습관 때문입니다. 우리는 자신이 한 경험의 특별함을 강조하기 위해 그냥 '맛있어'가 아니라 '엄청 맛있어'라고 말하고, 그냥 '특이해'가 아니라 '진짜 특이해'라고 말합니다. 그러나 '엄청'과 '진짜'와 같은 부사의 잦은 사용은 글의 품격을 떨어트릴 뿐입니다. 자신의 모든 경험을 특별한 것으로 강조할 필요는 없습니다. '맛있다'와 '특이하다'만으로 충분하므로 군더더기는 덜어내기 바랍니다.

부사를 과도하게 사용하는 두 번째 이유는 표현력의 부족에서 찾을 수 있습니다. 어떤 음식은 정말 특별하게 맛있을 수 있습니다. 마치 전라도 어딘가에 살고 계시는 어머니가 10년 만에 고향에 내려오는 자식들을 위해 작정하고 끓인 듯한 깊은 맛이 우러나옵니다. 내 고향은 비록 서울이지만, 어쩐지 고향의 맛이라고밖에 설명할 수 없는 묵직한 맛입니다. 그러나 표현력이 부족하면 그런 찌개를 먹을 때조차 '엄청 맛있어'라고밖에 표현하지 못합니다. 엊그제 스팸을 넣어 대충 끓인 찌개도 '엄청' 맛있고, 불효자는 울게 만드는, 어머니의 50년 손맛의 찌개도 '엄청' 맛있습니다. 세상의 모든 맛있는 음식을 '맛있다'와 '엄청 맛있다', 두 가지로밖에 표현할 수 없는 겁니다.

결국 '엄청'이 말해주는 건 표현력의 빈약함입니다. 따라서 '엄청, 진짜, 완전'과 같은 부사는 전부 쳐내기 바랍니다. 그리고 밋밋해진 문장을 보면서 이 찌개가 결코 '맛있다' 한 마디로 끝낼 수 있는 맛이 아님에 괴로워하며 이를 표현할 다른 말을 찾기 바랍니다. 그런 노력 속에서 글이 생생해지고 표현력이 늘게 됩니다. 부사에 기대지 말기 바랍니다.

'것이다'의 90퍼센트 쳐내기

유독 고치기 어려운 글쓰기 습관이 바로 모든 문장을 '~것이다'로 끝내는 버릇입니다. 예를 들어 "나는 기뻤다"라고 쓰면 될 것을 "나는 기뻤던 것이다"라고 쓰는 식입니다. 이렇게 쓰면 내가 기뻤다는 사실이 특별한 사건으로 강조되는 효과가 생깁니다. 그러나 모든 문장을 '것이다'로 끝내면 어떤 문장도 강조되지 않고 오히려 글의 가독성만 떨어집니다.

어떤 말을 강조하고 싶다면 표현에 기대지 말고 더 많은 근거와 예시를 찾아 내용을 강화하기 바랍니다. 내용에 대한 노력 없이 부사와 '것이다'에만 기대면 결코 좋은 글이 나올 수 없습니다. 독자들이 담백하고 편안하게 읽을 수 있도록 '것이다'는 보이는 족족 쳐내기 바랍니다.

유행하는 단어나 표현은 100퍼센트 쳐내기

표현도 유행을 탑니다. 2022년 겨울 월드컵 때만 해도 온 국민이 한 번씩은 썼던 바로 그 표현, 중꺾마(중요한 것은 꺾이지 않는 마음)는 이제 어디서도 찾아보기 어려워졌습니다. 줄임말까지 생길 정도로 유행했던 "할 말은 많으나 하지 않겠습니다" 역시 이제는 옛날 말이 됐습니다. 제가 20대 때 썼던 표현, '븷, 즐, ~했삼, 지못미, 흠좀무' 같은 말들은 요즘 젊은이들에겐 뜻도 헤아릴 길 없는 고대언어가 돼버렸습니다. 말뿐만 아니라 글에도 유행을 타는 표현이 있습니다. 얼마 전까지만 해도 '무해한'이라는 표현이 안 들어간 글을 찾아보기 어려웠는데, 이제는 그 또한 지나간 듯 보입니다.

인스타그램이나 트위터처럼 매 순간 글이 갱신되는 SNS에서는 이런 유행어의 사용이 글에 생기를 불어넣을 수 있습니다. 그러나 블로그만 해도 글의 수명이 제법 깁니다. 고작 지난달에 쓴 글도 유행어가 있으면 어딘지 오래된 글처럼 느껴집니다. 그러니 책은 두말할 나위가 없습니다. 요즘 같은 시대에 만들어진 지 10년이 지나도 위화감 없이 사용할 수 있는 물건은 책이 유일할 겁니다. 그 긴 수명을 가능하게 하는 것이 바로 규격에 가까운 문체입니다.

그런데 최근에 읽은 한 글쓰기 책에서 '아무개'를 '뫄뫄'라고 표현한 것을 본 일이 있습니다. 이 글을 SNS에서 봤다면 감각적이고 재밌다고 여겼겠지만, 책에서라면 사정이 다릅니다.

유행어는 책의 수명을 급격히 단축할 뿐만 아니라 내용에 대한 신뢰도 떨어트립니다. 특히 전문적인 내용을 담은 글이라면, 유행어는 일절 사용하지 않는 것이 좋습니다.

2023년의 대표적인 유행어를 정리해드리니, 퇴고할 때 보이는 족족 쳐내기 바랍니다.

> 1n년, nn개, tmi, 뫄뫄, 갓심비, 갓성비, 갓생, 괴랄하다, 킹받다, 꼴받다, 급발진하다, 그 잡채, 맑눈광, 비웃기다, 입덕하다, 썰풀다, 어그로를 끌다, 지리다, ~에 중고차 한 대 값 쓴 사람으로서 말하자면, 저도 알고 싶지 않았습니다만, ~인 것은 안 비밀입니다, 거기에 대해서는 중립 기어를 박겠습니다….

영어 표현은 눈치껏 쳐내기

영어 표현은 번역 투 문체만큼이나 자주 사용되는 표현입니다. 둘 사이에 차이점이 있다면, 번역 투 문체는 자주 쓴다고 우리말 어법이 되는 일은 없으나 영어 표현은 자주 사용하면 표준어가 되기도 한다는 점입니다. 예를 들어 '에세이'나 '아이디어' 같은 단어는 『표준국어대사전』에 올라와 있는 표준어입니다. 이를 '수필'이나 '생각'으로 바꾸면 지칭하는 대상의 범위가 넓어져 오히려 의도한 의미를 제대로 전달할 수 없게 됩니다. 정확하게 대체할 우리말이 없다면 표준어로 등재된 영어 표현을 쓰는 것이 더 정확하고 자연스럽습니다.

일반 영어 단어뿐만 아니라 콩글리시도 많이 쓰면 표준어가 되기도 합니다. 예를 들어 '리모컨'이나 '백미러'는 정작 영미권 사람들은 못 알아듣는 영어 표현이지만, 우리말에서는 어엿한 표준어입니다. 이 경우 대체할 한글 표현도 없으니 혼자만 아는 낯선 표현으로 풀어쓰지 말고 단어를 그대로 사용하기 바랍니다. 참고로 '콩글리시'도 표준어입니다.

이와 반대로 표준어 영어 표현을 오히려 더 영어식으로 바꿔 표현하는 경우도 있습니다. 이를테면 '에세이 작가'를 '에세이스트'로, '헬스클럽'을 '피트니스센터'로 쓰는 식입니다. 그러나 이런 '더 영어식' 표현은 표준어도 아니고, 단어의 쓰임도 적절하지 않은 경우가 많습니다. 예를 들어 '피트니스센터'는 사우나와 수영장, 바를 갖춘 호텔의 대규모 부대시설을 가리키는 말인데, 운동 기구 몇 개 넣어놓은 공간도 '피트니스센터'라고 표현하곤 합니다. 이 경우 '헬스클럽'이 정확한 표현입니다. 영어 표현은 현지어에 가까운 말이 아니라 표준어로 등재된 단어를 정확하게 사용하기 바랍니다.

회사에서 자주 사용하는 '일정을 어레인지하다', '가격을 네고하다', '원고를 퍼블리시하다'와 같은 표현도 전부 문법적으로 틀린 말입니다. 한글과 영어를 이종교배한 듯한 이런 괴이한 표현은 글에서는 물론이고 말할 때도 쓰지 않는 것이 좋습니다. '일정을 조율하다', '가격을 협상하다', '원고를 출판하다'처럼 정확한 우리말로 표현하기 바랍니다.

그런데 영어 표현을 사용할 때, 표준어인지 아닌지가 사용의 절대적인 기준이 되는 것은 아닙니다. 대체 가능한 우리말 표현이 있다면 우리말로 쓰는 게 더 가독성이 높습니다. 예를 들어 '텍스트 이해'라고 쓰는 것보다 '독해'라고 쓰는 게 훨씬 자연스럽고 쉽게 읽힙니다.

반대로 표준어가 아닌데도 영어 표현이 우리말보다 더 효과적으로 의미를 전달하는 경우도 있습니다. 대표적인 예가 '스펙'입니다. 예를 들어 "요즘 대학생들은 높은 학점을 유지하고 토익 시험에서도 고득점을 받고 제2외국어도 배우고 해외 연수도 하고 다양한 인턴 경험도 쌓고, 또 아르바이트도 하느라 바쁘다"라고 쓰는 것보다 "요즘 대학생들은 스펙도 쌓고 아르바이트도 하느라 바쁘다"라고 쓰는 게 훨씬 간결하고 분명

합니다. 따라서 영어 표현을 쓸 때는 대체할 한글 표현이 있는
지를 첫 번째 기준으로 삼아 최소한으로 사용하기 바랍니다.

그래도 필살기가 필요하다면…

지금은 들판에 버려진 시래기 보듯 하지만, 저도 주식 때문에 잠 못 이루던 때가 있었습니다. 주식을 잘할 방법을 찾아 고수들의 책도 읽고 전문가들의 방송도 열심히 들었습니다. 그렇게 몇 년을 찾아 헤맨 끝에 마침내 그 비법을 찾을 수 있었습니다. 그것은 바로 '분할 매수, 분할 매도'입니다. 지금쯤 많은 분이 김이 빠졌을 것 같습니다. 주식을 조금이라도 아는 분이면 이미 다 아는 얘기라서 그렇습니다. 글쓰기도 마찬가집니다. 글쓰기를 잘할 수 있는 비법이 있긴 합니다만, 이미 여러분이 아는 얘기입니다. 바로 '많이 읽고 많이 쓰기'입니다. 빤한 얘기지만, 단언컨대 이외에 글을 잘 쓸 방법은 없습니다. 저 혼자 하는 말이 아닙니다. 글쓰기로 도가 튼 분이라면 한결같이 하는 말입니다. 글쓰기 비법을 소개한다는 책들도 전부 표현만 다를 뿐 본질은 같습니다. 많이 읽고 많이 써야 합니다.

독서, 생각에 먹이를 주는 일

많이 읽는 것이 중요한 이유는 글은 생각으로 쓰기 때문입니다. 독서는 생각에 먹이를 주는 일입니다. 뭐라도 읽어야 쓸거리가 떠오릅니다. 읽는 과정에서 분석의 힘도 길러집니다. 그런데 간혹 SNS에 올라온 몇 줄짜리 문장을 읽는 것도 독서라고 생각하는 분들이 있습니다. 엄밀히 말하면 그것은 그저 다른 사람의 계정을 구경하는 일입니다. SNS 게시물이라도 최소 300단어 이상은 되어야 독서라고 할 수 있습니다. 문제의식에서 결론에 이르기까지, 글을 논리적으로 전개하려면 최소한 300단어는 필요하기 때문입니다.

생각의 힘은 주제의식을 논리에 따라 전개한 글을 읽을 때 길러집니다. 자신의 고유한 경험을 토대로 타인의 논리에 공감하거나 의심하면서 생각을 발전시킬 수 있습니다. 그래서 영상이나 짧은 글로는 생각의 힘을 기르기 어렵습니다. 그저 제작자의 의도대로 깔깔거리거나 분노하거나, 아니면 지루해서 다른 채널로 넘어갈 뿐입니다. 여기에는 의심과 탐구, 성찰이 끼어들 자리가 없습니다. 생각의 힘은, 내 속도에 맞춰 글을 사유해가는 과정에서 길러집니다.

간혹 소설 읽기를 시간 낭비라고 여겨 자녀에게 소설을 읽지 못하게 하는 부모님이 있다고 들었습니다. 그러나 소설이야말로 인간과 삶을 폭넓게 배울 수 있는 최고의 교재입니다. 왜 인물이 여기서 이런 행동을 하는지, 그 선택의 결과는 무엇인지, 이야기를 현실에 적용하면 어떻게 되는지 등의 질문을 던지다 보면 궁극적으로 자기 몫의 삶을 어떻게 책임지고 앞으로 나아가야 할지를 생각하게 됩니다. 세상을 높은 해상도로 바라볼 수 있고 나를 둘러싼 환경에 대한 이해도 깊어집니다. 자녀들이 세상과 조화를 이루길 바란다면, 그러면서도 자신만의 세계를 단단하게 구축하길 바란다면, 소설을 많이 읽히기 바랍니다.

　　독서를 통해 깊어진 생각을 자신만의 언어로 표현하는 과정이 글쓰기입니다. 글쓰기는 습관으로 단련됩니다. 책을 읽다가 한 줄기 생각이 일어나면, 그 생각을 핸드폰이나 노트에 적는 습관을 들이기 바랍니다. 모든 글은 머릿속 설익은 생각을 붙잡아두는 것에서 시작됩니다. 꼬리에 꼬리를 무는 생각들을 지면 위에 썼다 지우기를 반복하면 생각이 숙성되면서 하나의 논리가 만들어집니다. 이 논리에 따라 문장을 이어나가다 보면 어느덧 나만의 시각을 담은 한 편의 글이 완성됩니다.

　　따로 시간을 내어 쓰겠다고 생각하면 글쓰기가 일이 되지만, 습관처럼 끄적이는 것은 어렵지 않습니다. 제법 묵직한 만년필을 한 자루 마련하면, 끄적이는 일 자체에 재미를 느낄 수도 있습니다. 책상 한편에 만년필과 노트를 두었다가 생각이 일어나면 달려가서 끄적이기 바랍니다. 이렇게 끄적이는 일을 한 해 두 해 지속해나가다 보면 점차 쓰는 분량이 늘어납니다. 또 생각을 표현하는 일에도 익숙해집니다. 글쓰기도 결국 몸이 하는 일입니다. 많이 쓸수록 여러분의 몸은 쓰는 일에 익숙해지고 논리적 사고에도 숙달됩니다. 당연히 글을 잘 쓰게 됩니다. 결국 글쓰기든 주식 투자든 잘하는 사람이 따로 있는 것이 아니라 꾸준히 하는 사람이 잘하게 되는 겁니다.

제가 방송작가를 하면서 이제 좀 쓰는 일에 익숙해졌다고 느낀 순간도 라디오 방송을 할 때였습니다. 당시 저는 A4용지로 스무 페이지 분량의 글을 매일 써야 했습니다. 주말도 없이 하루에 14시간씩 글을 써야 겨우 마감을 맞출 수 있었습니다. 처음 한 달은 방바닥을 구르며 이렇게 사느니 차라리 원양어선을 타겠다며 울부짖었습니다. 그렇게 울면서 쓰다 보니 어느덧 해가 바뀌었고, 그즈음 제 글쓰기에도 변화가 생겼습니다. 글이 제 의도대로 끌려오기 시작한 겁니다.

처음에는 제가 글에 끌려다니느라 원고 한 편을 완성하는 것도 무척 버거웠습니다. 그래서 피디님이 수정 요청을 할 때마다 이를 갈았습니다. 한 단락만 바꿔도 아슬아슬하게 잡아놓은 논리가 흐트러져 결국 원고 전체를 손봐야 했기 때문입니다. 그러나 말도 안 되는 분량을 2년간 매일 쓰고 나니 제게도 흔히 말하는 글쓰기 근육이 생긴 겁니다.

지금은 어떤 종류의 글을 써도 글을 원하는 방향으로 끌고 가는 일이 특별히 어렵게 느껴지지 않습니다. 특히 극본은 완성본을 초고라고 생각해야 할 만큼 끝없는 수정 작업이 뒤

따르는데, 지금은 이 과정이 마냥 괴롭지만은 않습니다. 수정을 거듭할 때마다 원고가 이렇게 저렇게 변해가는 모습을 지켜보는 일이 오히려 즐겁기도 합니다. 그러나 이 말을 글쓰기 근육이 생기면 글 쓰는 일이 쉽고 편해진다는 뜻으로 오해해서는 안 됩니다.

글쓰기는 결코 만만한 작업이 아닙니다. 쓰는 시간은 대체로 괴롭습니다. 지금도 이 책을 쓰면서도 무척 괴로워하는 중입니다. 괴로움의 가장 큰 원인은 머릿속 생각을 정확하게 전달할 말을 찾기가 무척 어렵다는 데 있습니다. 내 안에 꿈틀대는 감정과 진실을 하나의 단어로 생생하게 솟구치게 하기 위해서는 몇 날 며칠을 단어를 고르고 표현을 고심해야 합니다. 폴란드가 낳은 세계적인 시인, 비스바와 쉼보르스카는 바로 이런 어려움을 통렬하게 묘사한 시, 〈단어를 찾아서〉로 처음 세상에 알려졌습니다. 이 시에서 쉼보르스카는 정확한 단어를 찾는 일의 어려움을 '피로 물든 고문실'과 '똬리를 튼 무덤'에 빗대어 표현합니다. 즉 노벨문학상 수상자에게도 글쓰기는 단어를 찾는 단계에서부터 고통스러운 일인 겁니다.

다만 글쓰기 근육이 생기면 이런 고통에 익숙해집니다. 논리를 전개하고 글을 의도대로 구성하느라 괴로워하면서도 좀

처럼 포기하지 않게 됩니다. 괴로움에 지지 않게 될 즈음 여러분의 어휘와 표현은 훨씬 좋아져 있을 겁니다. 그리고 마침내 원하는 방향으로 글이 끌려온다고 느끼는 순간, 그 기쁨의 감각이 여러분을 아주 오랫동안 쓰게 할 겁니다.

따라서 글쓰기가 괴롭게만 느껴진다면 더 많이 써서 글쓰기 근육부터 만들기 바랍니다. 단단한 습관의 힘으로 괴로움을 버티다 보면 분명 글쓰기가 주는 쾌감도 맛볼 수 있습니다. 그때쯤 여러분의 글은 반드시 좋아져 있을 겁니다.

✉ 글쓰기 실력을 (아주 조금은) 빨리 늘리는 방법

그러나 여러분이 듣고 싶은 대답은 이런 게 아닐 겁니다. 여러분이 작가도 아닌데 매일 14시간씩 글을 쓸 수도 없는 노릇이고, 그 정도로 쓰지 않아도 글쓰기 실력이 늘 방법을 원할 겁니다. 그런 여러분을 위해 몇 가지 비책을 말씀드리겠습니다. 제가 직접 경험한 방법이니 효과는 장담할 수 있습니다. 그러나 이 역시 많이 읽고 많이 써야 제대로 된 효과를 누릴 수 있다는 점을 꼭 기억하기 바랍니다.

1) 글 공개하기

글쓰기 실력이 빨리 늘 수 있는 가장 좋은 방법은 쓴 글을 공개하는 겁니다. 과거에는 소수의 선택받은 사람들만 글을 공개할 수 있었으나, 지금은 시대가 바뀌었습니다. SNS에 글을 올리면 세상 모든 사람이 여러분의 글을 볼 수 있습니다. 무플이든 악플이든, 어떤 식으로든 독자들의 반응을 확인하면 글쓰기에 대해 더 치열하게 고민하게 됩니다. 그러니 습관적으로 끄적인 글을 조금만 정제하여 여러분의 SNS 계정에 공개하기 바랍니다.

그런데 막상 글을 공개하려고 하니 어쩐지 용기가 안 나는 분도 있을 겁니다. 혹시 부정적인 반응을 보게 될까 봐 두렵기 때문입니다. 그럴 땐 소수의 사람을 대상으로 하는 글쓰기 수업에 참여해 공포를 극복하는 것도 좋은 방법입니다. 일단 안전한 환경에서 글을 공개하는 연습을 하면 누군가 내 글을 읽는다는 게 별로 두려워할 일이 아님을 알게 됩니다. 오히려 다른 사람이 내 글을 진지하게 읽어줄 때의 가슴 벅참과 의견을 주고받는 일의 기쁨을 알게 됩니다. 글의 본질은 소통에 있기 때문입니다. 물론 의견 중에는 비판적인 내용도 있을 수 있습니다. 글을 공개하지 못하는 가장 큰 이유도 비판에 대한 두려움 때문입니다.

신인 작가들이 제일 어려워하는 것도 사람들의 비판을 견디는 일입니다. 당연히 저도 그랬습니다. 일주일 동안 방 안에 틀어박혀 수십, 수백 번은 영상을 돌려봐 가며 마침내 원고를 완성했지만 저는 섣불리 글을 보낼 수가 없었습니다. 피디님이 보일 반응이 두려웠기 때문입니다. 그러나 독자의 반응이 두려워 글을 공개하지 않는다면 영원히 작가가 될 수 없습니다. 울며 겨자 먹기로 보내기 버튼을 눌렀고, 잠시 후 피디님에게서 내일 얘기를 좀 하자는 연락이 왔습니다.

다음 날 편집실에 갔을 때 피디님은 선뜻 해야 할 말을 하지 못했습니다. 그저 출력해온 원고를 눈으로 훑으며 한숨을 쉬는데, 그 한숨이 어쩐지 '어떻게 이런 쓰레기를…'이라고 하는 것 같았습니다. 저는 쥐도 아니면서 필사적으로 쥐구멍을 찾았습니다. 결국 자진해서 다시 쓰겠다고 했고, 또다시 고통스러운 일주일이 지나갔습니다. 두 번째 원고도 대단히 잘 쓴 것은 아니지만 '누가 써도 이만큼 못 쓴다' 하는 확신은 있었습니다. 다행히 피디님도 수정 요청 없이 바로 원고를 녹음했고, 그렇게 제 글은 무사히 방송에 나갈 수 있었습니다.

그 다큐멘터리는 방송통신위원회 방송대상에서 우수상

을 수상하며 제 작가 이력에서 가장 중요한 작품이 됐습니다. 그러나 저는 그 방송을 떠올릴 때면 성취감보다 첫 원고를 보여줬을 때의 모멸감이 먼저 떠오릅니다. 이후로도 그런 굴욕과 수치의 담금질을 10년 가까이 견딘 덕분에 지금 여러분께 이렇게 글쓰기에 관한 이야기를 할 수 있게 됐습니다.

그러니 여러분도 글을 공개하는 것을 두려워하지 말기 바랍니다. 칭찬뿐만 아니라 비판도 정면으로 마주해야 글이 성장할 수 있습니다. 그래야 자기만의 세계를 깨고 타인과 소통하는 글을 쓸 수 있습니다. 그러니 일단 가볍게 SNS 글부터 쓰기 바랍니다. 비판은 가볍게 받아들이고 무반응은 묵묵히 견디는 훈련을 하기 바랍니다. 그렇게 힘을 빼고 천천히 쓰다 보면 어느 순간 무섭게 성장해 있을 겁니다.

악플이 무섭다면…

사실 비판보다 사람들을 더 두렵게 하는 것은 악의적인 댓글, 일명 악플입니다. 그저 자신과 견해가 다르다는 이유로, 혹은 글쓴이가 마음에 들지 않는다는 이유로 누군가 인신공격성 댓글을 달았다면, 글쓰기고 뭐고 전부 그만두고 싶어질 겁니다. 그러나 이런 극소수의 무례한 사람들 때문에 여러분의 글쓰기가 위축되어서는 안 됩니다. 악플을 알고 제대로 대처한다면 별로 두려워할 게 없습니다.

악플은 주로 가치판단이 들어간 글에 달립니다. ① 정치적 견해 ② 종교적 관점 혹은 ③ 현재 이슈가 되는 사안에 대한 옳고 그름의 가치판단을 드러낼 때 악플이 달릴 수 있습니다. 이유는 단순합니다. 그저 자신과 다른 견해를 말하는 것이 싫은 겁니다. 이럴 땐 말을 받아주지 말고 조용히 계정을 차단하거나 정도가 심하면 댓글을 스캔하여 온라인 명예훼손으로 고소를 하면 됩니다.

우리는 그야말로 격동의 현대사를 겪은 탓에 성별에 따라, 연령에 따라, 지역에 따라 상반된 가치관을 갖는 경우가 많습니다. 그런데 가치관에 대한 신념이 지나치게 확고한 나머지, 가치관이 반박당하면 자신이 모욕당한 것처럼 느끼곤 합니다. 그중 어떤 사람들은 자신과 다른 가치관을 갖는 것 자체를 자신에 대한 모욕이라고 여깁니다. 이들이 바로 악플러입니다. 악플러들은 생각의 옳고 그름을 문제 삼는 것이 아니라 '나와 다르면 악이다'라는 생각으로 악랄한 댓글을 쓰기 때문에 이들과 논리적인 해법을 찾겠다는 생각은 일찌감치 접는 것이 좋습니다. 보이는 즉시 계정을 차단하거나 경찰에 신고하기 바랍니다.

　그러나 아예 이런 댓글이 달리는 것을 원치 않는다면, 앞서 언급한 세 가지 주제는 쓰지 않는 것이 좋습니다. 즉 정치나 종교에 관한 주제는 피하고, 논쟁이 되는 사안에 대해 옳고 그름의 가치판단을 내리는 말을 쓰지 않으면 됩니다. 그러나 이 말이, 악플러가 무섭다고 가치판단도 내리지 말라는 뜻은 아닙니다. 누가 잘못했다고 비판하는 말 없이도 얼마든지 자신의 견해를 드러내는 글을 쓸 수 있습니다. 그런 글에는 악성 댓글이 거의 달리지 않습니다.

　예를 들어 2023년 개봉한 〈인어공주〉는 흑인 배우를 주인공으로 캐스팅하면서 크게 화제가 됐습니다. 그런데 다른 한편으로는 주인공의 인종과 외모를 비하한 악플 때문에 국제적인 논란이 되기도 했습니다. 인종과 외모에 대한 인신공격성 비난은 분명 잘못된 행동입니다. 하지만 영화평을 쓰면서 "인어공주가 흑인이라고 비난하는 것은 잘못이다"라고 한다면, 윤리적으로 옳은 말임에도 불구하고 악플이 달릴 수 있습니다. 비판의 대상이 된 사람 중 일부가 자신의 가치관을 모욕한다고 생각할 수 있기 때문입니다.

　이럴 땐 가치판단의 말 없이 영화의 장점을 부각하는 방식으로 자신의 견해를 드러내면 됩니다. 이를테면 이런 식으로 말입니다.

> 전 세계 아이들이 보는 만화영화에 흑인 공주도 나오고 동양인 인어도 나오고 버려진 아이가 왕자가 되는 이야기가 나오는 것은 무척 멋진 일입니다. 지금껏 미국이나 유럽 백인의 관점에서만 미인을 묘사했더니 어느 순간 동양인은 눈이 가늘게 찢어진 노란 원숭이가 돼버렸기 때문입니다. 눈이 가느다랗고 노란 얼굴의 사람들 틈에서 자란 저는 이 얼굴이 왜 아름답지 않은 것인지 이해할 수 없습니다. 지금 흑인 어린이들도 그렇게 생각할 겁니다. 부디 우리 어린이들은 하얗다고 부러워할 것도 없고, 노랗다고 화낼 것도 없는, 다양한 미의 관점을 가진 어른으로 자라면 좋겠습니다.

제가 SNS에 올린 〈인어공주〉 관람평의 일부 내용입니다. 이 글은 2,000명이 넘는 사람들이 읽었는데 그중 700명이 '좋아요'를 눌렀고, 마흔 개가 넘게 달린 댓글 중 악플은 한 개도 없었습니다. 영화가 썩 마음에 들지 않는다는 내용도 있었지만, 그저 건강한 의견 개진이었고 인신공격성 댓글은 없었습니다. 누군 옳고 누군 그르다는 가치판단의 말 없이 그저 고정관념을 깬 캐스팅이 가진 장점만을 언급했기 때문입니다. 이렇게 누군가를 비판하지 않고 대상과 현상이 가진 장점만을 이야기하면, 어떤 주제로 글을 쓰든 악플이 달리는 일은 거의 없습니다. 그러면서도 독자들에게 여러분의 옳고 그름의 기준이 무엇인지 분명히 알릴 수 있습니다.

사실 일반인이 글을 공개해서 악플 때문에 속상해할 일은 거의 일어나지 않습니다. 저도 총 만 명이 넘는 SNS 구독자가 있지만, 지금껏 악플이라고 할 만한 글은 한 번도 달린 적이 없습니다. 거기에는 그만한 이유가 있습니다. 글은, 어느 정도 기본 소양을 갖춘 사람들이 향유하는 매체이기 때문입니다. 흔히 말하는 인격 상실 수준의 악플러들은 글을 읽는 사람들이 아닙니다. 더더군다나 그들은 관심을 먹고 살아가기 때문에 유명인이 아닌 사람의 글을 읽는 일은 거의 없다고 보면 됩니다.

행여 그런 악플이 달렸다고 해도 간단하게 차단 버튼을 누르거나 경찰청 홈페이지로 들어가 가볍게 고소장을 제출하면 그만입니다. 그러니 두려워 말고 당당하게 글을 올려 세상과 소통하기 바랍니다.

계속 쓰게 만드는 댓글의 힘

지금까지 댓글의 부정적인 측면만 말씀드렸으나 실은 댓글이야말로 여러분이 글을 공개해야 하는 가장 큰 이유입니다. 사람들은 대부분 응원과 격려의 말을 남기기 위해 댓글을 씁니다. 얼굴도 모르는 누군가가 내 글을 읽고 위로를 받았다며 남긴 감사와 격려의 메시지는 일상에서 얻기 힘든 다른 차원의 감동을 줍니다. 티끌만큼 사소할지라도 내가 사회에 선한 영향을 미치고 있다는 사실이 자신에 대한 신뢰감을 주기 때문입니다. 이런 응원의 말들이야말로 우리가 괴로운 글을 계속 쓰게 하는 동력입니다. 오가는 다정한 말 속에서 사람은 역시 사람 속에서 치유되고 성장하는 존재임을 다시금 확인하게 됩니다.

저도 분수에 맞지 않게 고마운 댓글을 많이 받아보았습니다. 그중 가장 기억에 남는 것은 8년 전부터 제가 쓴 글을 보아왔다는 분의 댓글이었습니다. 8년 전, 저는 처음 방송작가가 되어 겪은 좌충우돌 이야기를 글쓰기 플랫폼, 브런치에 올리기 시작했습니다. 그런데 어느 날 보니 구성은 어설프고 내용은 유치해서 갑자기 부끄러운 마음이 들어 글을 전부 지워버렸습니다. 그러고는 한동안 글을 쓰지 않았습니다. 원고 마감도 간신히 맞추는 처지라 여분의 글을 쓸 여유가 없었기 때문입니다. 그리고 2022년부터 다시 슬슬 브런치에 글을 올리기 시작했는데, 어떤 분이 8년 전 그 시절부터 계속 제 글을 봐왔다며 장문의 응원 글을 남겨주셨습니다. 작가의 치기 어린 시절부터 묵묵히 응원해온 타인의 마음이란 대체 무엇인지, 저는 그날 제가 오래도록 글을 쓰게 되리라는 것을 예감했습니다.

바로 이런 댓글이 여러분이 계속 글을 쓰게 하는 원동력이 돼줍니다. 얼굴도 모르는 누군가로부터 받은 친절한 말 속에서 사람들의 지친 얼굴 뒤에 숨은 선량함을 발견하게 됩니다. 오직 글을 통해서만 알 수 있는 진심입니다. 글로 세상과 따뜻한 소통을 하기 바랍니다.

2) 수시로 사전 찾아보기

댓글 이야기를 하느라 차례가 많이 밀려났는데, 다시 앞으로 돌아가서 글쓰기 실력을 늘릴 수 있는 두 번째 비책을 말씀드리겠습니다. 바로 '국어사전'입니다. 제 책상 위에는 노트북 외에 모니터가 하나 더 놓여 있는데, 여기에는 늘 국어사전이 띄워져 있습니다. 저는 이 사전으로 원고에 쓴 거의 모든 단어를 찾아봅니다. 그러면 용례를 정확하게 모르고 쓰는 단어도 있고, 표준어라고 생각했는데 외래어나 방언인 경우도 있습니다. 어려운 단어는 거의 쓰지 않는 편인데도 정확하게 사용하는 단어가 생각보다 많지 않습니다.

또 혀끝에 맴돌기만 하고 정확히 단어가 떠오르지 않을 때도 사전에 기댑니다. 비슷한 단어를 검색해 나온 여러 유사어 중에 가장 그럴듯한 단어를 골라 사용합니다. 특히 지금처럼 넉 달 내리 원고를 써야 할 때면 사전 없이는 제대로 된 글을 쓰기가 거의 불가능합니다. 매일 12시간씩 글을 쓰다 보면 머릿속에서 단어들이 한데 엉겨 붙기 때문입니다. 얼마 전엔 '문항'이 들어갈 자리에 '항문'이라고 써놓고 대체 왜 이 단어가 어색한지, 사전을 찾아본 후에야 그 이유를 알게 됐습니다. 그러니 '명징'과 '직조' 같은 어려운 단어는 아예 쓸 생각도 하지 않는 게 좋습니다. 쓰는 사람에게 익숙하지 않은 단어가 읽는 사람 눈에 자연스럽게 들어올 리 없기 때문입니다.

어휘력과 관련하여 사람들이 가장 오해하는 부분도, 어려운 단어를 많이 알아야 글을 잘 쓴다는 생각입니다. 그러나 대부분의 일상 글은 의무교육 기간에 배운 어휘만 가지고도 충분히 쓸 수 있습니다. 거기다 지금은 대다수의 사람이 고등학교도 가고 대학도 갑니다. 즉 우리의 어휘력은 결코 부족하지 않습니다. 문제는 표현력입니다. 우리는 '엄청', '진짜'와 같은 부사나 만능 단어인 '그냥'이라는 말로 대부분의 상황을 표현합니다. 즉 어휘가 아니라 빈약한 표현력이 우리의 진짜 문제인 겁니다. 표현력은 단어만 많이 안다고 늘지 않습니다. 적절한 맥락 안에서 용례에 맞게, 구체적으로 묘사하는 노력을 기울여야 잘할 수 있게 됩니다.

일례로 '오금'이나 '어안'이 정확히 무슨 뜻인지 몰라도, 사람들은 '오금이 저리다'와 '어안이 벙벙하다' 같은 표현을 쓸 수 있습니다. 문장 전체의 맥락을 알고, 이제껏 용례에 맞게 표현해왔기 때문입니다. 오히려 '오금'과 '어안'을 따로 떼어내어 "오늘 이상하게 오금이 좀 댕기네"라거나 "밥을 먹었더니 어안이 텁텁하군" 식으로 말한다면 어휘력이 글쓰기를 망친다고까지 할 수 있습니다. 오금은 무릎의 구부러지는 오목한 안쪽 부분을, 어안은 어이가 없어 말을 못 하는 혀 안을 의미하는데, 이 뜻을 아는 사람은 극히 드물기 때문입니다. 글을 잘 쓰기 위해서는 어려운 단어를 많이 아는 것보다 다수가 이해하는 맥락 안에서 구체적으로 표현하는 능력이 훨씬 중요합니다.

따라서 앞으로 글을 쓸 때마다 지금 사용한 단어의 쓰임이 적절한지, 표준어가 맞는지, 더 정확한 단어가 있는지, 사전을 통해 확인하는 습관을 들이기 바랍니다. 단어를 많이 아는 것보다 구체적으로 표현할 수 있는 힘을 기르는 것이 중요합니다. 이 힘이 좋으면 절망에 대해 "내가 살아 있다는 것, 그것은 영원한 루머에 지나지 않는다"(최승자, 「일찍이 나는」, 『이 시대의 사랑』)라고 표현할 수 있습니다. 고독에 대해서는 "살아간다는 것은 외로움을 견디는 일이다. 공연히 오지 않는 전화를 기다리지 마라"(정호승, 「수선화에게」, 『수선화에게』)라고 표현할 수도 있습니다. 사람의 마음을 사로잡는 데는 일상의 언어면 충분합니다. 공연히 어휘력을 탓하지 말고 사전을 적극 활용하여 구체적으로 표현하는 힘을 키우기 바랍니다.

외롭고 헛헛한 삶의 순간들을
글쓰기로 무사히 건너가기 바랍니다

출간본 퇴고를 마치고 나니 이제야 원고가 제 손을 떠났다는 생각이 듭니다. 원고는 이제 편집자님과 마케터님의 손에서 한 번 더 다듬어져 여러분을 만날 단장을 마치겠지요. 비로소 책이 나온 다는 사실이 실감 납니다.

이 책은 사실 올 한 해 제게 벌어진 일들을 기록한 이야기라고 할 수 있습니다. 올해 1월, 이제부터 '나'답게 살겠다고 결심하고 자기 PR 글쓰기를 시작한 지 얼마 지나지 않아 고맙게도 한스미디어에서 출간 제의를 해주셨고, 도서관에서 강의도 하게 됐습니다. 전부 꾸준한 글쓰기로 시작된 일이었습니다.

그런데 책을 쓰다 보니 제가 올리는 자기 PR 글쓰기 내용에도 약간의 변화가 생겼습니다. 처음에는 글쓰기 방법을 알려주는 전문적인 내용의 글을 주로 썼는데, 책을 쓰는 동안 점점 더 일상의 이야기를 많이 쓰게 됐습니다. 독자들의 반응 때문입니다. 독자들은 글쓰기 방법을 따로 떼어내서 이야기하는 것보다 그 방법으로 쓴 결과물을 읽는 것을 더 즐거워했습니다. 그래서 이 책도 단순히 글쓰기 방법을 알려주기보단 제가 쓴 글을 예로 들어 여러분들이 직접 그 결과를 볼 수 있게 했습니다.

여러분은 제 글을 보며 유려한 수사도 없고, 일상에서 발생하는 흔한 사건을 소재로 하는데도 글이 묘하게 흥미롭다고 느꼈을 겁니다. 실제로 제가 SNS에 올리는 자기 PR 글 대부분이 이런 내용입니다. 슈퍼마켓 사장님이 복숭아 가격을 깎아준 이야기, 배추 재배 기술을 배우러 갔다가 도망 나온 이야기, 소개팅이 들어왔는데 거절한 이야기 등 사건이랄 것도 없는 사소한 일상의 이야기들이 주를 이룹니다. 그런데도 1년도 안 되는 기간에 8,000명에 가까운 사람들이 제 인스타그램 계정을 구독해주셨습니다.

저는 이 책에서 그 이유를 말씀드리고 싶었습니다. 바로 사람들은 현란한 문장이 아니라 세상을 바라보고 해석하는 따뜻한 시선에 매료된다는 사실을 말입니다. 『불편한 편의점』과 『아몬드』의 성공에서 알 수 있듯이 독자를 사로잡는 글에는 언제나 인간에 대한 선의와 다정한 마음이 담겨 있습니다.

그래서 저도 선의를 갖고 이 책을 한 자 한 자 써 내려갔습니다. 글을 잘 쓰고 싶은 사람들, 삶의 새로운 길을 모색하기 위해 나를 알리고 싶은 사람들, 혹은 마음을 치유하고 싶은 사람들에게 조금이라도 도움이 되길 바라며 오래 고민하고 치열하게 말을 다듬었습니다. 그런 마음이 독자분들께 부디 잘 전달됐기를 바랍니다.

언제나 느끼지만, 글의 힘이란 정말 놀랍습니다. 일상에서 무심코 지나치는 풍경도 그것이 글로 표현되는 순간 깊이를 갖고 의미를 얻게 됩니다. 굵은 모자이크 같은 단조로운 일상도 한 편의 글로 다시 태어나는 순간 높은 해상도로 찬연하게 빛납니다. 제 일상도 그렇습니다. 저는 대체로 건조하게 반복되는 집순이의 일상을 살지만, 그중 한 부분을 글이라는 현미경으로 확대하는 순간 제 삶은 의미와 생기로 풍부해집니다. 한껏 물오른 늦여름 복숭아의 무른 살처럼 촉촉하고 달콤한 향이 납니다. 말 그대로 살맛 납니다.

그래서 여러분도 헛헛할 때, 우울할 때, 외로울 때 가볍게 툭툭 쓰면 좋겠습니다. 쓰는 게 귀찮아지면 한 번씩 이 책을 들춰보고, SNS에서 제가 올린 글도 읽어보면서, '글을 쓰는 게 이렇게 재밌는 일이었지!' 하고 다시 쓰고 싶은 마음을 다잡으면 좋겠습니다. 그렇게 쓰면서, 고단한 삶의 순간들을 무사히 건너가면 좋겠습니다:)

미 주

1 EBS, 〈위대한 수업, 그레이트 마인즈〉, 「100세 시대, 인생 후반전 생존전략」 편, 린 다 그래튼 강의 내용 중(2022년 4월 28일 방송).

2 린다 그래튼과 앤드루 스콧이 공저한 『100세 인생: 저주가 아닌 선물』(안세민 역, 클, 2017)에 따르면, 2007년생은 104~107세, 1997년생은 101~102세, 1987년생은 98~100세, 1977년생은 95~98세, 1967년생은 92~96세까지 살 가능성이 50%라 고 한다.

3 "경비원 모집공고가 나면 이력서를 들고 오는 사람이 많아 평균 10에서 20 대 1로 경쟁률을 보인다. 들어오려는 사람이 워낙 많다 보니 현재 경비원인 사람은 불합리 한 경우도 참으며 경비 일을 이어나간다." 『나는 행복한 경비원입니다』 저자 장두 식 씨 인터뷰 중(이병우, 「경비원으로 겪은 세상, 책으로 안 낼 수 없었죠」, 《고양신문》, 2022년 7월 23일).

4 2022년 건강보험심사평가원 발표.

5 기준 중위소득은 보건복지부 장관이 중앙생활보장위원회의 심의·의결을 거쳐 고 시하는 국민 가구소득의 중간값으로 2023년 1인 가구 기준으로는 207만 7,892원 으로 고시됐다.

6 기준 중위소득은 보건복지부 장관이 중앙생활보장위원회의 심의·의결을 거쳐 고 시하는 국민 가구소득의 중간값으로 2023년 1인 가구 기준으로는 207만 7,892원 으로 고시됐다.

7 통계청의 2022년 가계금융복지조사 마이크로데이터 분석 결과, 2022년 기준 국내 순자산(총자산-부채) 상위 10% 기준 금액은 10억 8,100만 원이다. 참고로 상위 1% 순자산 기준은 32억 7,920만 원이다.

8 서울성모병원 정신건강의학과 채정호 교수는 "감정은 말로 내뱉으면 상당 부분이 의미 없이 흩어지지만 글로 표현하면 더욱 명확해진다"면서 "자신도 몰랐던 내면 의 감정이 정리되는 효과를 얻는다"고 설명했다. 「글쓰기로 마음 치유하는 '문학치 료' 들어보셨나요」, 《중앙일보》, 2012년 11월 26일.

9 "글쓰기는 자기와 대화하고 자기를 알아가는 과정이다. 이 과정에서 글을 쓰는 사람은 자기 목소리를 강화할 수 있다." 이봉희, 「문학치료에서 활용되는 글쓰기의 치유적 힘에 대한 고찰과 문학치료사례」,《교양교육연구》제8권 제1호, 2014.

10 "나는 쓴다. 고로 나는 존재한다"와 같이 데카르트의 명제는 여러 방식으로 재구성될 수 있다. (There appears to be other reformulations of Descartes's conclusion, such as Scribo, ergo sum, "I write, therefore I am.") Robert Scholes, 『Semiotics and Interpretation』, New Haven & London: Yale University, 1982.

11 "Having good ideas is most of writing well.", Paul Graham, 「Writing and Speaking」, http://paulgraham.com/speak.html

12 "그리고 깨닫게 될 것이다. 타인은 단순하게 나쁜 사람이고 나는 복잡하게 좋은 사람인 것이 아니라 우리 모두가 대체로 복잡하게 나쁜 사람이라는 것을." 신형철, 『정확한 사랑의 실험』, 마음산책, 2014.

13 2019년 교보문고 인문학 강연 중.

14 블라디미르 나보코프(이혜승 역), 『나보코프의 러시아 문학 강의』, 을유문화사, 2012.

15 앤 라모트(최재경 역), 『쓰기의 감각』, 웅진지식하우스, 2018.

16 이태준, 『문장 강화』, 창비, 2005.

17 김태성, 『합격자소서 믿지마라』, 위포트, 2014.

18 통계청, 2022년 5월 경제활동인구조사 청년층 부가조사 결과.

19 「인재 유출 심각… 기업 84.7%, 1년 이내 조기퇴사자 발생!」, 사람인, 2022년 7월 21일.